油麻菜籽

廖輝英——著

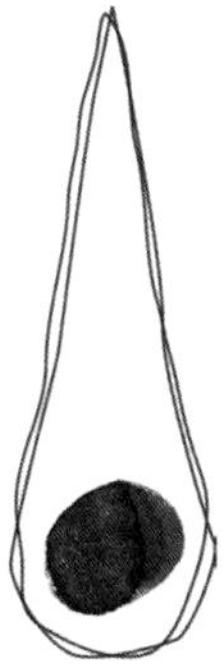

1

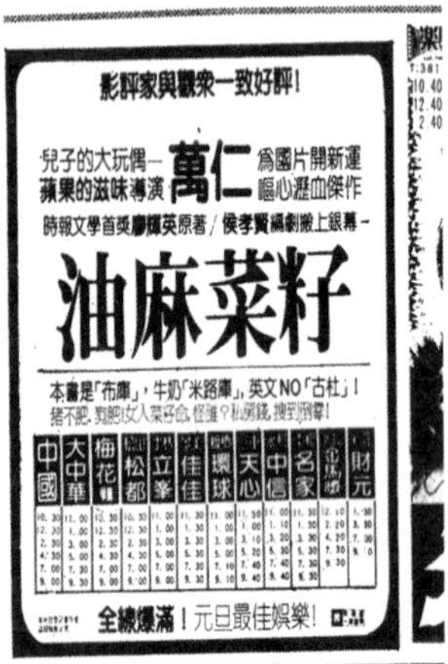

2

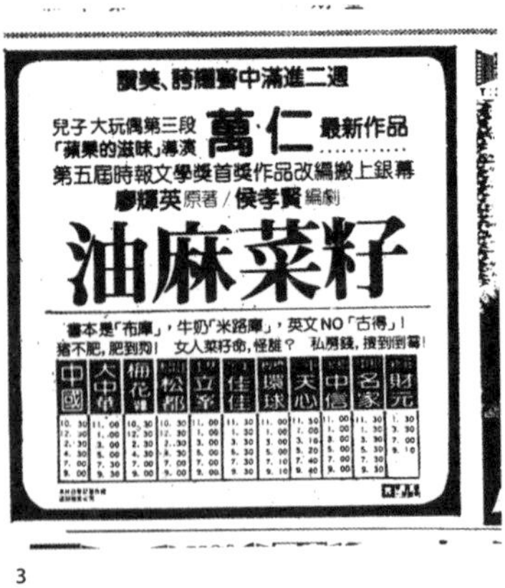

3

照片 1｜金山海邊搭起的日式小屋，是萬仁導演將小說視覺化的第一步，遺世獨立又充滿詩意，成為電影最令人難忘的意象。《油麻菜籽》演員合影：後排左起蘇明明、張毓芝、柯一正、陳秋燕、周棟宏、張世；前排左起珮珮、李淑楨、陳錫照、顏正國。

照片 2｜**照片 3**｜1984年元旦檔上映時的報紙鋅版廣告，除了導演萬仁、編劇侯孝賢、原著廖輝英外，片中有趣的日式英語發音、台灣俚語，更是一大賣點。

4

5

照片 4｜陳秋燕（左）、柯一正在《油麻菜籽》中飾演夫妻。

照片 5｜醫生伯最疼愛的么女終於出嫁了！但新郎既非醫生，也談不上門當戶對，僅是鄰鎮一個教書先生工專畢業的兒子。

6

7

照片 6 ｜**照片 7** ｜重男輕女的時代，哥哥阿雄總是有錢買彈珠水汽水、有空閒做竹槍。妹妹阿惠卻要照顧弟弟，還有做不完的家事……

8

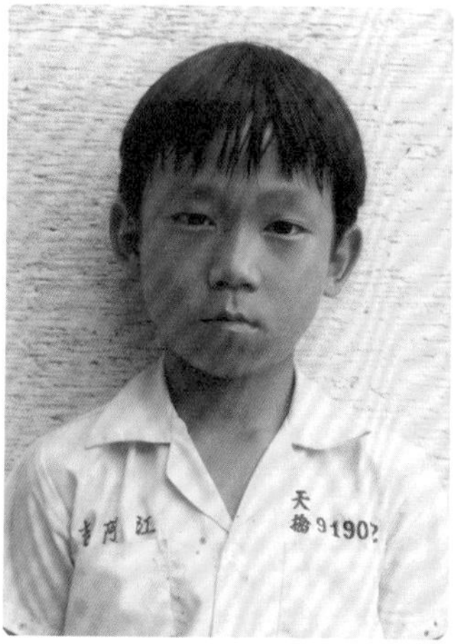

9

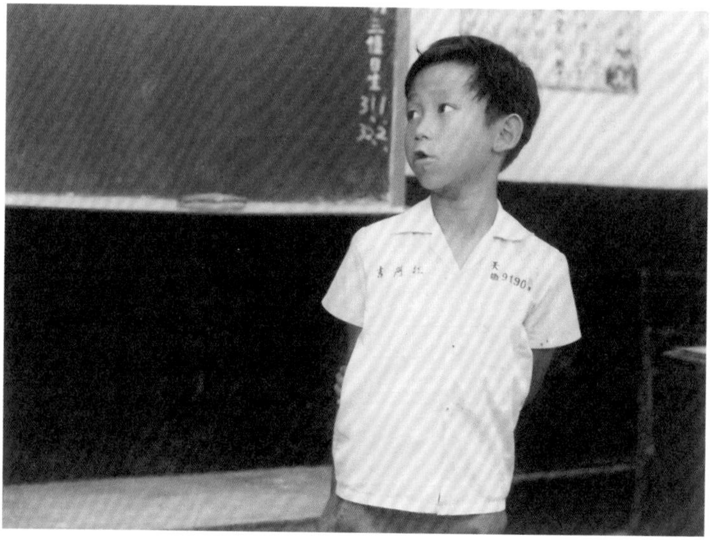

10

照片 8｜**照片 9**｜**照片 10**｜當年才 9 歲，正是頑皮的童星顏正國，飾演好動愛玩的哥哥阿雄。

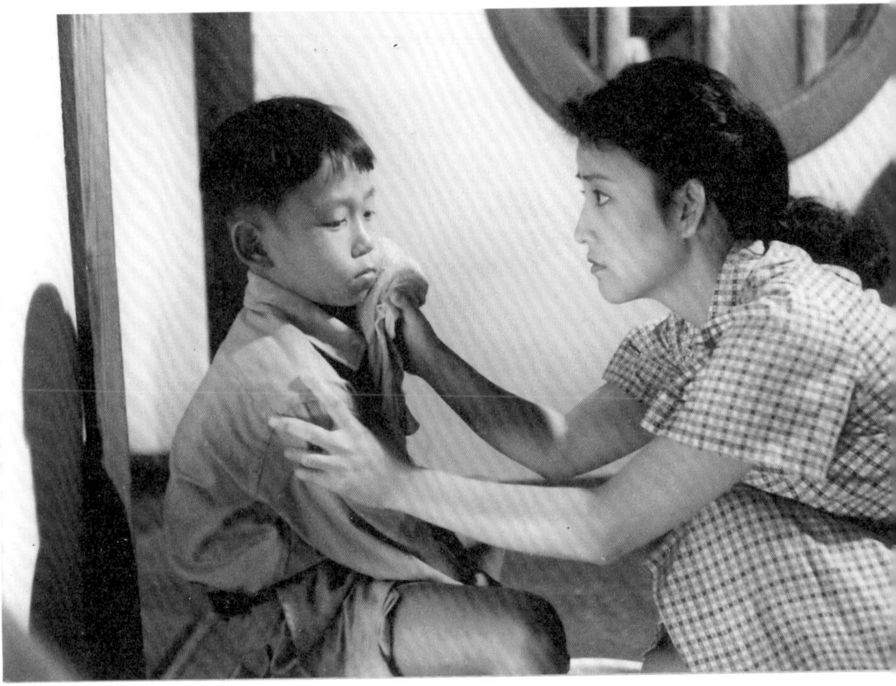

11

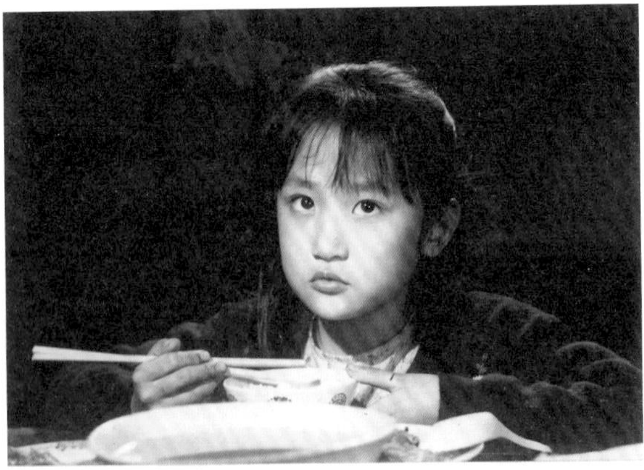

12

照片 11｜哥哥阿雄在外打架惹事，媽媽總是心疼呵護。

照片 12｜早餐的碗裡，阿雄會有兩顆雞蛋，阿惠卻只有一顆，媽媽說：「哥哥是男孩子，正在長，所以蛋多一顆。」

13

14

照片 13｜聯考放榜，阿惠第一志願考上市女中，媽媽正愁著日後的學費之際，見阿雄拿籃球往外跑，便大聲喝住：「去哪裡？」隨即道出「豬不肥，肥到狗」的經典台詞。

照片 14｜媽媽發現爸爸外頭有女人，一怒之下拿起裁縫刀，將爸爸衣櫥裡的西裝全都剪花了。

15

16

17

照片 15 ｜電影《油麻菜籽》是導演萬仁（中立者）1983 年拍完《兒子的大玩偶》第三段《蘋果的滋味》後，首部劇情長片。

照片 16 ｜導演萬仁（左）指導蘇明明演出。

照片 17 ｜電影《油麻菜籽》由攝影大師林贊庭（攝影機後坐者）掌鏡，當時已獲 4 座金馬獎最佳攝影獎，2021 年再獲金馬獎終身成就獎。

目錄

修復後的《油麻菜籽》電影將於全國院線全面上映

——小說出版四十年．電影首映三十八年後

寫作以來，這應該是我用過最長的文章標題，一方面是四十年對人生而言，再怎樣算，也都是大半生的歲月；這大半生，人人都會有屬於自己的許多故事，起伏跌宕、悲歡離合、生老病死……，不管是歡迎或厭惡的事，我們必定都無從抗拒地被迫接受過。而身為作者的我，究竟寫了幾十本書，其實隨著歲月遞邅，我也不再精細計算或牢記不放，只大約記住全部作品應該在七十本到八十本之間，畢竟也到了應該要懂得丟棄或捨得的年歲了！

可是，說來奇怪，我的小說被改拍成電影的有六部、賣掉或賣過電

視版權的小說也有十多部，但拍成電視的大約只有一半（買了版權卻未拍的原因，大部分出在買版權那方的種種緣故），其中〈油麻菜籽〉就賣過三次電視版權，一次電影版權；它和我的全部小說，也都全數拍過廣播劇。而且，雖是我第一次出版的小說，到今年為止，幾乎每年都有各大專院校或各家高中國文參考書要求轉載的合約。如果作品就如創作者的孩子，〈油麻菜籽〉無疑是跟得最緊、經常問候的一個。

二〇二二年年尾，接到國家電影館的通知，獲知因年代太久或保存不當的影片，經過精細修復，效果非常好，所以希望先在二〇二二年尾，放片並請原著、製片、導演、演員等有關人員開兩場先對新聞界舉行的座談會暖身，為二〇二三年五月要在院線正式上演做點預告。

知道這個訊息，身為作者的我真是百感交集。首先是驚訝〈油麻菜籽〉的生命力，歷經四十年長青（常青）而茂盛，不僅在高中大學被列為教材或讀物，碩博士以它為論文主題的青年也長年與我聯絡訪談，近三年仍有。我也一直懷疑：買版權者多，但均未有重拍者，是否萬仁導演拍得太好，以致後人不敢輕易自曝其短？見面時我要向他抱怨一下。

就像我的另一本長篇小說《輾轉紅蓮》經公共電視拍成劇集，幾乎十幾年都不斷重播，以致也無他人重拍一樣。不過這是笑話玩笑，因為小說被改拍成電影或電視，最怕的是被拍壞或亂拍。

兩場座談會我均列席。記得近四十年前我去看試片時，我坐在最後面，看片時原著者掉眼淚是必然的事，但流淚時不敢出聲，因怕人聽到。

前座有位觀賞者一路哭到底。電影演完時，我才看到是一位知名女作家，我趕快背過臉去，免得淚眼相看雙方都不好意思。

四十年之後，「油麻菜籽」這個諺語被小說和電影發揚光大，即便年輕人也都很多人曉得意思。不過，二〇二二年試片時，全場是又哭又笑。我必須坦白說，這是拍成電影導演的功力，萬仁製造了許多笑點，我相信年輕人更能接受影像的力量，改編原著，萬仁抓住了「原著精神」，但也為片商照顧了賣座，在新浪潮電影中，他拍的片都賣錢。用新浪潮電影討論《油麻菜籽》的某位作者，也指出了這點。

出席座談會時，萬仁由愛妻蘇明明（《油麻菜籽》中飾演女兒）陪伴，導演前不久去洗溫泉滑倒，傷到腦部，已經大好，只剩復健。飾演母親的是陳秋燕，她是我北一女初中隔壁班同學，後來成了名演員和製作人；還有童星顏正國，現已長大成人，拍了好幾部片子。

唯一遺憾的是，製片張華坤先生幾年前病逝，這是參加座談會時才聽到的壞消息，張太太代夫出席。

由於政府選片、出錢修復，實際協助電影發展，我覺得讓年輕世代除了鼓掌技術至上、聲光喧嚷的現代電影之外，也能靜心領略經典電影中人文和人情的蘊藉，是值得稱許的事。

希望大家都能到戲院中，看到另一類必須用點同理心去欣賞的電影。

廖輝英 二〇二三年二月

油麻菜籽如今落在哪裡？
——重排新版序

「查某囡仔是油麻菜籽命，落到哪裡，就長到哪裡」，這則台灣古老諺語，在農業時代，以不可撼動的堅固力量，定義著台灣女性服務者的艱苦命運，也定調了台灣女性終其一生無可逃避的服從與犧牲，是最真實三從四德的典範，更是禁錮台灣女性最無情的緊箍咒。

「油麻菜籽」的集體命運，也是出生在戰後嬰兒潮世代的我，身處其中、由茫然順服到不甘屈從，立意突破命運、找尋自己人生出口的漫長而苦澀的生命經驗。在偶然卻又必然的機緣下，將它寫成小說。它是一九八二年第五屆時報文學獎短篇小說的首獎作品，因緣際會遭逢女性主義正要在台灣萌芽的時候；也因緣際會在新舊社會交替的浪尖上被推湧而突出，很多女性讀了淚流滿面，男性則心情複雜。

小說得獎之後，很快又被拍成電影，除了聯合編劇的侯孝賢和我一起奪得金馬獎改編劇本獎之外，電影因小說的互相幫襯，也擠上了當時新浪潮電影的風光標竿上，到大阪、東京代表台灣電影參展；也在香港地區、特別是旺角，贏得廣大的共鳴，持續發散它的影響力；更難得的是，它會合了女性主義的洪流，勢不可擋地為開拓台灣女性的嶄新前途盡了一份棉薄之力。

三十年間，《油麻菜籽》這本小說，以台灣女性經典小說的身分，持續被許多所大學的中文系列為教材，也兩度被國立編譯館和台灣筆會譯介到世界文壇；美國康乃爾大學出版了當代華文女性小說選本（只有十名作者、十篇作品）行銷學界，《油麻菜籽》列名其中。今年，《油麻菜籽》更被學者推薦，翻譯成捷克文出版。這麼多年來，《油麻菜籽》被許多研究生做為論文主題，也曾被執教加拿大愛伯特大學的學者林蔚山拿來與加拿大著名女作家的作品相提並論，不因出版久遠而被遺忘，換句話說，三十年了，現在讀它的人，依然感動共鳴，所以是否可以說：它確實也禁得起時間考驗？它也確實反映了整個時代的吶喊與反省、推動了很大的改革？

很多讀過這本小說的年輕女性讀者都忍不住問我：「幾十幾百年來，女性一生都過著沒有自我、形同被迫害者般的生活，為什麼她們不會反抗？」「為什麼她們不能獨立生活？既然一樣是勞力，到哪裡都能換取生活所需，何苦一直留在不尊重妳的地方受苦？」「為什麼積重難返的兩性不平等關係，會輕易被一本小說撼動？」

其實革命是需要很多條件配合的，但是破冰更必須有一把利斧。讓女性覺醒的最大條件是——女性受過完整的教育，因為受過完整的教育，所以能夠有自己的經濟力，能夠擺脫被擺布的命運；也能逐漸養成獨立思考的能力，這兩樣是充要條件。全球女性主義的覺醒，則是那陣東風，《油麻菜籽》則是小小的催化劑和劃開舊時代硬殼的利斧，萬事俱備，東風也來了，終於為台灣兩性社會吹來一陣全盤重新大洗牌的旋風。

三十年了，我一直持續關心台灣兩性（特別是女性）的福祉與發展，如果問我一路走來的心情，我想可以用小說《油麻菜籽》書寫的心情來形容，那就是「悲欣交集」四字，有笑有淚，驀然回首，只有感謝——感謝這讓我們能當家做主的時代，感謝這允許我們全力奮鬥、也全心收成的社會！願所有四散飛揚、豐碩成長的油麻菜籽，成為照亮我們社會最溫暖、最光明的燈！

廖輝英 二〇一一年十二月十六日
於台北

油麻菜籽

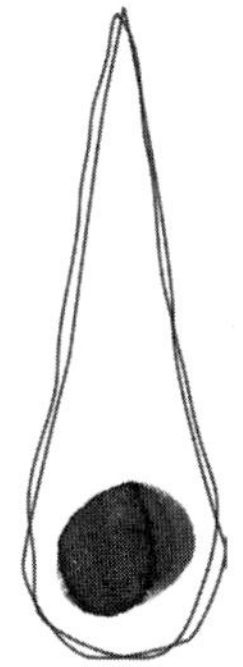

油麻菜籽

大哥出生的時候，父親只有二十三歲，而從日本念了新娘學校，嫁妝用「黑頭仔」轎車和卡車載滿了十二塊金條、十二大箱絲綢、毛料和上好木器的母親，還不滿二十一歲。

當時，一切美滿得令旁人看得目眶發赤，曾經以豔色和家世，讓鄰近鄉鎮的媒婆踏穿戶限，許多年輕醫生鎩羽而歸的醫生伯的么女兒——「黑貓仔」，終於下嫁了。令人側目的是，新郎既非醫生出身，也談不上門當戶對，僅只是鄰鎮一個教書先生工專畢業的兒子而已。據說，醫生伯看上的是新郎的憨厚，年輕人那頭不曾精心梳理的少年白，使他比那些梳著法國式西裝頭的時髦醫生更顯得老實可靠。

婚後一年，一舉得男，使連娶六妾而苦無一子的外祖父，笑得合不攏嘴；也使許多因希望落空而幸災樂禍，準備瞧「黑貓仔」好看的懸著的心霎時摜了下來。

那樣的日子不知持續了幾年，只知道懂事的時候，經常和哥哥躲在牆角，目睹父親橫眉豎目、摔東摜西，母親披頭散髮、呼天搶地。有好多次，母親在劇戰之後離家，已經學會察顏觀色，不隨便號哭的哥哥和我，被草草寄放在村前的傅嬸仔家。三五天後，白髮蒼蒼的外祖父，帶著滿臉怨惱的母親回來，不多話的父親，在沒有說話的外祖父跟前，更是沒有半句言語。翁婿兩個，無言對坐在斜陽照射的玄關上，那財大勢大「嚇水可以堅凍」的老人，臉上重重疊疊的紋路，在夕陽餘暉中，再也不是威嚴，而是老邁的告白了。老人的沉默對女婿而言，與其說是責備，毋寧是在哀求他善待自己那嬌生慣養的么女吧，然而，那緊抿著嘴的年輕人，哪裡還是當年相親對看時，老實而張惶地一屁股坐在臉盆上的那一個呢？

我拉著母親的裙角，迤迤邐邐伴送外祖父走到村口停著的黑色轎車前，老祖父回頭望著身旁的女兒，喟嘆著說：「貓仔，查某囡仔是油麻菜籽命，做老爸的當時那樣給妳挑選，卻沒想到，揀呀揀的，揀到賣龍眼的。老爸愛子變作害子，也是妳的命啊，老爸也是七十外的人了，還有幾年也當看顧妳，妳自己只有忍耐，尪不似父，是沒辦法挺寵妳的。」

我們回到家時，爸爸已經出去了。媽媽摟著我，對著哥哥斷腸地泣著：「憨兒啊！媽媽敢是無所在可去？媽媽是一腳門外，一腳門內，為了你們，跨不開腳步啊！」

那樣母子哭成一團的場面，在幼時是經常有的，只是，當時或僅是看著媽媽哭，心裡又慌又懼地跟著號哭吧？卻哪裡知道，一個女人在黃昏的長廊上，抱著兩個稚兒哀泣的心腸呢？

大弟出生的第二年，久病的外祖父終於撒手西歸。媽媽是從下車的公路局站，一路匍匐跪爬回去的。開弔日，爸爸帶著我們三兄妹，愣愣地混在親屬中，望著哭得死去活來的母親。我是看慣了她哭的，然而那次卻不像往日和爸爸打架後的哭，那種傷心，無疑是失去了天底下唯一的憑仗那樣，竟要那些已是未亡人的姨娘婆們來勸解。

爸爸是戴孝的女婿，然而和匍匐在地的媽媽比起來，他竟有些心神不屬。對於我們，他也缺乏耐性，哭個不停的大弟，居然被他罵了好幾句不入耳的三字經。一整日，我怯怯地跟著他，有時他走得快，我也不敢伸手去拉他的西褲。我後來常想，那時的爸爸是不屬於我們的，他只屬於他自己，一心一意只在經營著他婚前沒有過夠的單身好日子，然而，他竟是三個孩子的爸呢！或許，很多時候，他也忘了自己是三個孩子的爸吧！

可是，有時是否他也曾想起我們呢？在他那樣忙來忙去，很少在家的日子，有一天，居然給我帶了一個會翻眼睛的大洋娃娃。當他揚著那金頭髮的娃娃，招呼著我過去時，我遠遠地站著，望住那陌生的大男人，疑懼參半。那時，他臉上，定然流露著一種寬容的憐惜，否則，許多年後，我怎還記得那個在鄉下瓦屋中，一個父親如何耐心地勸誘著他受驚的小女兒，接受他慷慨的餽贈？

六歲時，我一邊上廠裡免費為員工子女辦的幼稚園大班，一邊帶著大弟去上小班；而在家不是幫媽媽淘米、擦拭滿屋的榻榻米，就是陪討人嫌的大弟玩。

媽媽偶然會看著我說：

「阿惠真乖，苦人家的孩子比較懂事。也只有妳能幫歹命的媽的忙，妳哥哥是男孩子，成天只知道玩，一點也不知媽的苦。」

其實我心裡是很羨慕大哥的。我想哥哥的童年一定比我快樂，最起碼他能成天在外呼朋引伴，玩遍各種遊戲；他對愛哭的大弟沒耐性，大弟哭，他就打他，所以媽也不叫他看大弟；更幸運的是，爸媽吵架的時候，他不是在外面野，就是睡沉了吵不醒。而我總是膽子小，不乾脆，既不能丟下媽媽和大弟，又不能和村裡那許多孩子一樣，果園稻田那樣肆無忌憚地鬼混。

哥哥好像也不怕爸爸，說真的，有時我覺得他是爸爸那一國的，爸爸回來時，經常給他帶《東方少年》和《學友》，因為可以出借這些書，他在村裡變成人人巴結的孩子王。有一回，媽媽打他，他哭著說：「好！妳打我，我叫爸爸揍妳。」媽聽了，更發狠地揍他，邊氣喘吁吁地罵個不停：「你這不孝的夭壽子！我十個月懷胎生你，你居然要叫你那沒見笑的老爸來打我，我先打死你！我先打死你！」打著打著，媽媽竟大聲哭了起來。

七歲時，我赤著腳去上村裡唯一的小學。班上沒穿鞋的孩子不只我一個，所以我也不覺得怎樣。可是一年級下學期時，我被選為班長，站在隊伍的前頭，光著兩隻腳丫子，自己覺得很靦腆。而且班上沒穿鞋的，都是家裡種田的。我回家告訴媽媽：「老師說，爸爸是機械工程師，家裡又不是沒錢，應該給我買雙鞋穿。她又說，每天赤腳穿過田埂，很危險，田裡有很多水蛇，又有亂草會扎傷人。」

媽媽沒說話。那天晚飯後，她把才一歲大的妹妹哄睡，拿著一支鉛筆，叫我把腳放在紙板上畫了一個樣，然後拿起小小的紫色包袱對我說：

「阿惠，媽媽到台中去，妳先睡，回來媽會給妳買一雙布鞋。」

我指著包袱問：

「那是什麼？」

「阿公給媽媽的東西，媽去當掉，給妳買鞋。」

那個晚上，我一直半信半疑地期待著，拚命睜著要闔下來的眼皮，在枕上傾聽著村裡唯一的公路上是否有公路局車駛過。結果，就在企盼中迷迷糊糊地睡著了。

第二天醒來時，枕邊有一雙絳紅色的布面鞋，我把它套在腳上，得意洋洋地在榻榻米上踩來踩去。更高興的是，早餐時，不是往常的稀飯，而是一塊一福堂的紅豆麵包，我把它剝成一小片一小片的，從周圍開始剝，剝到只剩下紅豆餡的一小塊，才很捨不得地把它吃掉。

那以後，媽媽就經常開箱子拿東西，在晚上去台中；第二天，我們就可以吃到一塊紅豆麵包。而且，接下來的好幾天，飯桌上便會有好吃的菜。

媽媽總要在這時機會教育一番：

「阿惠，妳是女孩子，將來要理家，媽媽教妳，要午時到市場，人家快要收市，可以買到便宜東西，將來妳如果命好便罷，如果歹命，就要自己會算計。」

漸漸的，爸爸回來的日子多了，不過他還是經常在下班後穿戴整齊地去台中；也還是粗聲粗氣地在那只有兩個房間大的宿舍裡，高扯著喉嚨對著媽媽吼。他們兩人對彼此都沒耐性，那幾年，好像連平平和和地和對方說話都是奢侈的事。長久處在他們那「厝蓋也會掀起」的吵嚷裡，吵架與否，實在也很難分辨出來。然而，父親橫眉豎目，母親尖聲叫罵，然後，他將她揪在地上拳打腳踢的場面，卻一再地在我們眼前不避諱地演出著。

日子就這樣低緩地盪著。

有一回，看了爸爸拿回的薪水袋，媽媽當場就把它摜在榻榻米上，高聲地罵著：

「你這沒見笑的四腳的禽獸！你除了養臭女人之外，還會做什麼？這四個孩子如果靠你，早就餓死了！一千多塊的薪水，花得只剩兩百，怎麼養這四個？在你和臭賤女人鬼混時，你有沒有想到自己的孩子快要餓死了？現世啊！去養別人的某！那些雜種囡仔是你的子嗎？難道這四個卻不是？」

他們互相對罵，我和弟妹縮在一角，突然，爸爸拿著切肉刀，向媽媽丟過去！刀鋒正好插在媽媽的腳踝上，有一刻，一切似乎都靜止了！直到那鮮紅的血噴湧而出，像無數條歹毒的赤蛇，爬上媽媽白皙的腳背，我才害怕地大哭起來。接著弟妹們也跟著號哭；爸爸望著哭成一團的我們三個，悻悻然趿著木屐摔門出去。媽媽沒有流淚，只是去找了許多根菸屁股，把捲菸紙剝開，用菸絲敷在傷口上止血。

那一晚，我覺得很冷，不斷夢見全身是血的媽媽。我哭著喊著，答應要為她報仇。

升上二年級時我仍然是班上的第一名，並且當選為模範生。住在同村又同班的阿川對班上同學說：

「李仁惠的爸爸是壞男人，他和我們村裡一個女人相好，她怎麼能當模範生呢？」

我把模範生的圓形勳章拿下來，藏在書包裡，整整一學期都不戴它。而且從那時開始，也不再和阿川講話。每天，我仍然穿著那雙已經開了口的紅布鞋，甩著稻稈，穿過稻田去學校。但是，我真希望離開這裡，離開這個有壞女人和背後說我壞話的同學啊！一定有一個地方，那裡沒有人知道爸爸的事，我要帶媽媽去。

有一晚，我在睡夢中被一種奇怪的聲音吵醒。睜開眼，聽著狂風暴雨打在屋瓦和竹籬外枝枝葉葉的可怖聲音，身旁的哥哥和弟妹都沉沉睡著。黑暗中我聽到媽媽細細的聲音喚我，我爬過大哥和弟妹，伏在媽媽的身邊，媽媽吃力地說：

「阿惠，媽媽肚子裡的囡仔壞了，一直流血，妳去叫陳家嬸仔和傅家孀仔來幫忙。妳敢不敢去？本來要叫妳阿兄的，可是他睡死了，叫不醒。」

媽媽的臉好冰，她要我再拿一疊草紙給她。我一骨碌爬起來，突然覺得媽媽會死去，我大聲說：

「媽媽，妳不要死！我去找伊們來，妳一定要等我！」

我披上雨衣，赤著腳跨出大門。村前村後搖晃的尤加利樹，像煞了狂笑得前俯後仰的巫婆。跑過曬穀場時，我也顧不得從前阿川說這裡鬧鬼的事，硬著頭皮衝了過去；我跌了跤，覺得有鬼在追，趕快爬起來又跑。雨打在瞳裡，痛得張不開眼來。一腳高一腳低地跑到傅家，拚死命敲開門，傅家孀孀叫我快去叫陳家的門，讓陳孀仔先去幫忙，她替我去請醫生。

於是，我又跑過半個村子，衝進陳家的竹籬笆，他家那隻大狗，在狗籠裡對我狂吠著。陳孀仔聽完我的話，拿了支手電筒，裹上雨衣，跟著我出門。

「可憐喔！妳老爸不在家嗎？」

我搖搖頭，她望著我也搖搖頭。走在她旁邊，我突然覺得全身的力量都使完了，差一點就走不回去。

醫生走了以後，媽媽終於沉沉睡去。陳嬸仔說：

「歹命啊，嫁這種尪討歹命，今天若無這個八歲囡仔，伊的命就沒啦。」

「伊那個沒天良的，也未知在哪裡匪類呢？」

我跪在媽媽旁邊，用手摸她的臉，想確定她是不是只是睡去。

傅嬸仔拉開我的手，說：

「阿惠，妳媽好好的，妳去睡吧。阿嬸在這裡看伊，妳放心。」

媽媽的臉看來好白好白，我不肯去裡間睡，固執地趴在媽旁邊望住她，不知怎的，竟也睡去了。

那一年的年三十，年糕已經蒸好，媽一邊懊惱發糕發得不夠膨鬆，表示明年財運又無法起色；一邊嘀咕著磨亮菜刀，準備要去把那頭養了年餘的公雞抓來宰掉。就在這時，家裡來了四、五個大漢，爸爸青著臉被叫了出來。他們也不上屋裡，就坐在玄關上，既不喝媽媽泡的茶，也不理媽媽的客套，只逼著爸爸質問：

「也是讀冊人，敢也賽做這款歹事？」

「旁人的某，敢也賽睏？這世間，敢無天理？」

「像這款，就該斬後腳筋！」

那幾個人怒氣填膺地罵了一陣，爸爸在一旁低垂著頭，媽媽紅著眼，跌坐一旁，低聲不斷地說著話。吵嚷了一個上午，我無聊地坐在後院中看著那隻養在那兒的大公雞，牠兀自伸直那兩隻強健的腿子，抖著脖子在啄那隻矮腳雞。唉，今天大概不殺牠了，否則媽媽最少也會給我一支大翅膀。我傷心地轉頭去看那一群明年七月十五才宰得了的臭頭火雞，唉，過年喲，別說新衣新鞋了，連最起碼的白切肉和炒米粉也吃不到！那些粗裡粗氣的人，究竟什麼時候才走！

那像番仔的大弟開始嗚嗚哭了起來，我肚子餓得沒力氣理他，何況我自己也很想哭，所以我仍舊坐在後院子裡，動也沒動。他開始大聲地哭，大哥用手捂住他的嘴，他就哭得更大聲，大哥啪的一下就給他一巴掌，於是他嘩的一下子，喧天價響地哭了開來，把原來乖乖躺著的妹妹嚇哭了！

媽媽走過去，順手就打了大哥一巴掌，又狠狠地對著我罵：「妳死了呦，阿惠！」

我只好不情願地爬上榻榻米，一邊抱起妹妹，一邊罵了那番仔大弟：「你死了呦，阿新！」

唉，這叫什麼過年嘛？

就在我們這樣鬧成一團時，那幾個人站了起來，領頭的說：

「這款天大地大的歹事，兩千塊只是擦個嘴而已。要不是看在你們四個囡仔也要過年的分上，今天也沒這麼便宜放你算了。這款見笑歹事，要了結也得做夠面子，今晚七點在我厝裡等你們，別忘了要放一串鞭炮。過時那誤了，大家翻面就歹看了。」

爸媽跪在玄關上目送他們揚長而去。轉入屋裡，媽媽逕自走進廚房，拿起才蒸好的軟軟的年糕，在砧板上切成一片一片的。

爸爸站了會，訥訥地跟進廚房，說：

「晚上的錢，要想想辦法。」

媽媽的聲音，一下子像豁了出去的水，兜頭就嚷：

「想辦法？歹事是你做的，收尾就自己去做。查某是你睏的，遮羞的錢自己去設法！只由著你沒見沒笑的放蕩，囝仔餓死沒要緊？你呀算人喔？你！」

媽媽一開了罵，便沒停的，邊罵邊掉眼淚。年糕切了半天，也沒見她放進鍋裡。爐門仍用破布塞著，不趕快拿開來，爐火怎麼會旺呢？可是她那樣生氣，我也不敢多嘴多舌地提醒她。

好不容易煎好了年糕，媽媽又去皮箱裡搜了半天，紅著眼睛用包袱包起一大包東西。爸爸推出那輛才買不久的「菲利浦」二十寸鐵馬，站在前門等媽媽。媽媽對哥哥和我說：

「阿將、阿惠，媽媽出去賣東西，當鐵馬，拿錢給人家。你們兩個大的要把小的顧好，餓了先吃年糕，媽媽回來再煮飯給你們吃。卡乖咧，聽到沒？」

我望著他們走出去，很想問媽還殺不殺那隻公雞，結果沒敢出口。只問大哥：

「阿兄，『當』是什麼？」

「憨頭！就是賣嘛！賣東西換錢的意思，這也不懂！」

那天到很晚的時候，爸媽才回來。當然，那隻公雞也就沒有殺了。晚上，我們吃的是媽媽煮的鹹稀飯。沒拜拜，當然也就沒有好吃的菜了。不過那隻公雞反正是逃不掉的，早晚總要宰了牠，這樣想著，我還是在沒有壓歲錢的失望中，懷著一絲安慰睡著了。

開學以後，媽媽幫哥哥和我到學校去辦轉學，想到要離開這個地方，我高興得顧不得從前發的誓，跑到阿川面前，對他放下一句話：

「哼！我們要搬到台北去了！」

看到他那副吃驚的笨蛋樣子，我得意洋洋地跑開，什麼東西嘛！愛說人家壞話的臭頭男生。

搬到台北，我們租的是翠紅表姨的房子。媽媽把那些火雞和土雞，養在抽水泵浦旁邊；又在市場買了幾隻美國種的飼料雞，據說這種雞長得快，四個月就可以下蛋，以後我們不必花錢就可以吃到那貴得要命的雞蛋了。

爸爸買了一輛舊鐵馬，每天騎著上下班。他現在回家的時候早了，客廳裡張著一幅畫框，他得空的時候，常常穿著短褲拿著各種顏料在那兒作畫。左鄰右舍有看到的，經常來要畫，爸爸一得意，越畫越起勁。媽雖然沒叫他不畫，但卻經常撇撇嘴說：「未賺吃的剔頭歹事，有什麼用？」有時心情不好，也會怨懟：「別人的尪，想的是怎樣賺吃，讓某、子過快活日子。你老爸啊，只拿一份死薪水，每個月用都用不夠。」

雖然這樣，我還是很高興經常可以見到爸爸在家，而且，現在他也較少和媽媽打架了。他很少和我說話，我想，他不知道怎樣跟我說話吧，從小，我就是遠遠地看著他的。不過，他倒是常常牽著小弟，抱著妹妹，去買一角錢一支的「豬血粿」，回來總沒忘了給哥哥和我一人一支。

大哥和我一起插班進入過了橋的小學，他上五年級，我讀三年級。當時，小學惡補從三年級就已經開始，全班除了五、六個不準備升學的同學，必須幫老師做些打雜的事之外，其餘清一色都要參加聯考，因此，也都順理成章地參加補習，因為許多正課，根本都是在補習才教的。

轉了學，才發現台北的老師出的功課都是參考書上的，在鄉下，我們根本連參考書都沒聽過。當時參考書一本要十幾塊錢，大哥是高年級，比較接近聯考，一學期必須買好幾種，家裡一下子拿不出那麼多，媽媽便決定先買他的。結果，連續三、四個禮拜，我每天都因沒作功課而挨老師用粗藤條打手心，當時，老師一定以為我這鄉下來的孩子「不可教」吧？

每到月底，老師便宣布「明天要繳補習費」，第二天，看著六十多名同學，一個個排隊到講台上去繳補習費，當時的行情價是三十塊錢一個月，有錢的繳到兩百塊、一百塊不等。我羞赧地坐在那裡，眼看著壯觀的隊伍逐漸散去，然後硬著頭皮聽老師宣布還沒繳錢的名字。接下來的一兩個禮拜，幾乎每天都要讓老師點到名，到最後，往往只剩我一個沒繳，實在熬不過了，我便和媽媽商量：

「我不要補習了。」

「很多功課，老師不是都在補習的時候才教？」

我點點頭，說：

「我也不一定要考初中。」

「妳要像媽媽一世人這款生活嗎？」媽陡地把臉拉下來，狠狠地數說了我一頓：「沒半撇的查某，將來就要看查埔人吃飯。如果嫁到可靠的，那是伊好命沒話講，要是嫁個沒責任的，看妳將來要吃沙啊。媽媽也不是沒讀過冊的，說起來還去日本讀了幾年。少年敢沒好命過？但是，嫁尪生囝，拖累一生，沒去到社會做事，這半世人過得跟人沒比配……」

「可是，」我捏著衣角，囁嚅著：「補習費沒繳，老師每天都叫名字，大家都轉頭來看我，好像我是個臭頭仔。」

「過兩日讓妳繳，媽媽準備二十塊銀。」

「人家都繳三十塊，那是最少的。」

「有繳就好了，減十塊銀也沒辦法，我們窮啊！」

每個月的補習費就是在這種拖拖拉拉的情況下勉強湊出去的。常常，我才繳了上個月的，同學們又開始繳下個月的了。被老師指名道姓在課堂宣讀，和讓同學側目議論的羞恥，不久就被每次月考名列前茅的榮譽扯平了。

第二年，哥哥以一點五分之差，考上第二志願，雖有點遺憾，但媽總還是高興的吧！那是她的頭生子啊！一個鄉下孩子，從五年級下學期才接觸到補習和參考書，能擠進省中窄門，連一向溫吞著不管孩子事的爸爸，似乎也很樂呢！只是，為了張羅兩百多塊錢的省中學費和幾十塊錢的制服費，媽媽畢竟是擠破了頭的。爸爸像鴕鳥一樣，沒事人似地躲著，儘管媽媽扯著喉嚨屋前屋後「沒路用」地罵了不下千百遍，他還是躲在牆角，若無其事地畫著他的畫。

那幾年，媽每天天濛濛亮就到屋外去升火，先是我們用過的三兩張揉成團的簿本紙張，再架上劈得細細的柴，最上面才是生煤炭，等我們起床時，桌上已擺著兩碗加蓋的剛煮熟的白飯，哥哥碗裡是兩只雞蛋，我碗裡只有一只。

這種差別，媽媽的解釋是，哥哥是男孩子，正在長，飯吃得多，所以蛋多一只。

有一回，我把拌著蛋的飯吃掉，剩下兩口白飯硬是不肯吃掉，媽媽罵著說：

「討債呵，阿惠，妳知道一斤米多少錢嗎？」

「是怎樣我不能吃兩粒蛋？」我嘀咕著：「雞糞每晚都是我倒的，阿兄可沒伺候過那些雞仔。」
媽愣住了，好半晌才說：
「妳計較什麼？查某囡仔是油麻菜籽命，落到哪裡就長到哪裡。沒嫁的查某囡仔，命好不算好。媽媽是公平對你們，像咱們這麼窮，還讓妳念書，別人早就去當女工了。妳阿兄將來要傳李家的香煙，妳和他計較什麼？將來妳還不知姓什麼呢？」
媽聲音慢慢低了下去，收起碗筷轉身就進去。
自那次以後，我學會沉默地吃那拌著一只蛋的飯，也不再去計較為什麼我補習回來，還要做那麼多家事，而哥哥卻可以成天游泳、打籃球，連一塊碗也不必洗了。
聯考前的那兩年，功課逼得很緊，我在學校盡本分地念著，回家除了做功課，就不再啃書了。想到每次註冊費都要籌得家裡劍拔弩張的，媽媽光是填補每月不夠的家用和哥哥的學費就已那樣拚了命的，所以那兩年，在心底深處，我是懷著考不取就不要念的心事過的。
六年級時，我參加全校美術比賽得了第一名，獲得一盒二十四色的水彩和兩支畫筆，得意洋洋地回去獻寶。

正在洗碗的母親，突然把眼一翻，厲聲說：

「妳以為那是什麼好歹事？像妳那沒出脫的老爸，畫、畫、畫，畫出了金銀財寶嗎？以後妳趁早給我放了這破格的東西！」

沒想到母親會生那麼大氣，挨了一頓罵，連那一向買不起的獎品看來也挺沒趣的。以後，我參加作文比賽、壁報比賽，都再也不回家說嘴了。那時，我每回拿回成績單，媽看過蓋上章子，既不問這個月怎麼退成第二名，也不誇這個月拿了第一。我無趣地想，念好念壞又有什麼關係？反正也沒人在意。在這樣不落力的情況下，也不曾參加老師晚間再加的補習，而成績卻始終在第三名前徘徊著。

初中聯考放榜那天，母親把正在午睡的我罵醒：

「妳睏死了嗎？收音機都播一個下午了，那準沒考上，看妳還能安穩睏得像豬一樣！」

我爬起來，站到隔壁家的門廊上去聽廣播，站得腿都快斷了，還在播男生的板中。我既不敢折回家，又不知要等到何時，正在躊躇，卻見遠遠爸爸騎著鐵馬回來，還沒到家門口，就高興地嚷：

「考取了！考取了！」

媽從屋裡出來，著急但沒好氣地說：

「誰人不知考取了，問題是考取哪一間？」

「第一志願啦，我早就知是第一志願啦！」爸停好鐵馬，眉飛色舞地招我回去：「報紙都貼出來啦，妳站那要聽到何時？」

那幾天大概是最風光的日子了。一向不怎麼拿我的事放在嘴上說的父親，不知為什麼那麼高興，一再重複地對別人說：

「比錄取分數加好幾分呢，作文拿了二十五分，真高呢！」

媽媽是否也高興呢？她從不和任何人說，只像往常一樣忙來忙去。輪到我做的家事，也並不因聯考結果而倖免。

那一陣子，爸接了幾件機械製圖工作，事先也沒和人言明收費多少。媽一罵他「不會和人計較」，他便一副很篤定的樣子：「不會啦，不會啦，人家不會讓我們吃虧啦！」結果畫了幾個通宵，拿到的卻是令爸爸自己也瞠目的微少數目。從此，他也就不怎麼熱中去接製圖工作了。

註冊時，爸爸特地請了假，用他的鐵馬載我去學校。整整一個上午，我們在大禮堂的長龍裡，排隊過了一關又一關。爸爸不知怎的，閒不住似地拚命和周圍的家長攀談，無非是問人家考幾分，哪個國小畢業的。每當問到比我低分的，便樂得什麼似地對我說：「妳看，差妳好幾分，差一點就去第二志願。」量制服時，他更是合不攏嘴，一再地說：「全台北市只有妳們穿這款色的制服。」

那天中午，爸爸帶我去吃了一碗牛肉麵。又塞給我五塊錢，然後叮嚀我說：

「免跟妳老母講啦。這個帳把伊報在註冊費裡就好。」

我雖覺得欺騙那樣節省的媽媽很罪過，但是想到這一向那般拮据。好不容易才有機會對女兒表示這樣如童稚般真切的心意的爸爸時，我只有悶聲不響了。

開學後，爸爸對我的功課比我自己還感興趣，每看到我拿著英文課本在念，他就興致勃勃地說：

「來！來！爸爸教妳！」

然後拿起課本，忘我地用他那日式發音一課一課地念下去，直到媽媽開了罵：

「神經！囡仔在讀冊，你在那邊吵！囡仔明早要考試，你是知嚒？」

初中那些年，爸爸對於教我功課，顯得興致勃勃，那時他最常說的話就是：「阿惠最像我！」要嘛就是：「阿惠的字水，像我。」反正好的、風光的都像他。而媽媽總是毫不留情地潑他冷水：「像你就衰！像你就沒出脫！」

那幾年，爸爸應該是個自得其樂的漢子吧？他常常塞給我幾毛錢，然後示意我不要講。有幾次，看著他把錢拙劣地藏在皮鞋裡，我就預卜一定會被媽媽搜出，果然不錯，那以後，他又東藏西匿，改塞在其他自以為安全的地方。或許是藏匿時間緊迫、心慌意亂，或許是藏多了竟至健忘，每當事過境遷，他要找時，往往遍尋不著，急得滿頭大汗，不惜冒著挨罵遭損的危險，開口詢問媽媽。結果，不是爆發一場口角，就是大家合力幫他找尋，然後私房錢又順理成章地繳了庫。所以，我雖深知他手邊常留點私用錢，給自己買包舊樂園香菸，或者給孩子幾毛錢，但我總不忍心跟媽媽講，或者是因他那分顢頇的童稚，或竟是覺得他那樣沒心機、沒算計，實在不值得人家再去算計他吧！

儘管小錢不斷，但孩子註冊的時候，每每就是父親最窘迫的時候。事情逼急了，媽媽要我們向爸爸要。他往往會說：

「向你老母討。」

「媽媽叫我跟你討。」

「我哪有？薪水都交給伊了，我又不會出金！」

如果我們執拗地再頂上一句，他準會冒火：

「沒錢免讀也沒曉！」

碰了釘子回來，一次次的，竟覺得父親像頭籠中獸，找不到出口闖出來。他是個落拓人，只適合去浪蕩過自己的日子，要他負起一家之主的擔子，便看出他在現實生活中的無能。他太年輕就結婚，正如媽媽太早就碎夢一樣，兩個懷著各自的無邊夢境的人，都不知道怎樣去應付粗糙的婚姻生活。

日子在半是認命、半是不甘的吵嚷中過去。三十七歲時，媽媽又懷了小弟。每天。她挺著肚子的身影，時而蹲在水龍頭下洗衣服，時而在屋裡弄這弄那，蹣跚而心酸地移動著。臨盆前，我拿出存了兩年多，一直藏在床底下的竹筒撲滿，默默遞給媽媽。

她把生鏽了的劈柴刀拿給我，說：

「錢是妳的，妳自己劈。」

言未畢，自己就哭了起來。

一刀劈下，嘩啦啦的角子撒了一地。

我那準備要參加橫貫公路徒步旅行隊的小小的夢，彷彿也給劈碎了似的。然後，母女倆對坐在陰暗的廚房一隅，默默地疊著那一角錢、兩角錢……

日子怎會是這樣的呢？

初中畢業時，我同時考取了母校和女師，母親堅持要我念女師，她說：

「那是免費的，而且查某囡仔讀那麼高幹什麼？又不是要做老姑婆。有個穩當的頭路就好。」

不知那是因我長那麼大，第一次忤逆母親，堅持自己的意思；還是那年開始父親應聘到菲律賓去，有了高出往常好多倍的收入，母親最後居然首肯了讓我繼續升高中的意願。

那些年，一反過去的坎坷，顯得平順而飛快。遠在國外的父親，自己留有一份足供他很愜意地再過起單身生活的費用。隔著山山水水，過往尖銳的一切似乎都和緩了。每週透過他寄回的那些關懷和眷戀的字眼，他居然細心地關顧到家裡的每一個人。偶然，他迢迢託人從千里外，指名帶給我們一些不十分適用的東西；或者，用他那雙打過我們，也牽過我們的手，層層細心地包裹起他憑著記憶中我們的形象買來的衣物，空運回來。

媽媽時而叨念著他過去不堪的種種，時而望著他的信和物，半是嗔怨，半是無可奈何地哂笑著。然而，這樣的日子有什麼不好？居然我們也有了能買些並不是必須的東西的餘錢了。她也不必再為那些瑣瑣碎碎的殘酷生計去擠破頭了。

然後，當我考上媽媽那早晚一炷香默禱我千萬能進入的大學時，她竟衝著成績單撇撇嘴：

「豬不肥，肥到狗身上去。」

真是一句叫身為女孩的我洩氣極了的話。

然而，她卻又像忘了自己說過的話，急急備辦起鮮花五果，供了一桌，叫我跪下對著菩薩叩了十二個響頭。在香煙氤氳中，媽媽那張輪廓鮮明的臉，肅穆慈祥，猶如家中供奉的那尊觀世音，靜靜地俯看著跪下的我。

我仍是傻傻的，不怎麼落力地過著日子，既不爭要什麼，也不避著什麼。像別人一樣，我也兼做家教，寫起稿子，開始自己掙起錢來，在那不怎麼繽紛的大學四年裡，我半兼起「長姊如母」的職責，這樣那樣地拉拔著那一串弟妹；母親，則不知何時，開始勤走寺廟，吃起長齋，做起半退休的主婦，那「紅塵」中的兒女諸事，自然就成了我要瓜代的職務了。

父親輝煌的時期已過，回國以後，他早過了人家求才的最高年限，憑著技術和經驗，雖也謀定職業，然而，總是有志難伸吧，他顯得缺乏常性，人也變得反覆起來。有時，他會在下班換車時，到祖師廟裡去為媽媽買份素麵回來，殷勤地催著她趁熱快吃；有時卻又為了她上廟吃齋的事大發雷霆，作勢要將供桌上的偶像砸毀。有時，他耐性十足地逐句為媽講解電視上的洋片和國語劇；有時卻又對母親來北後因長期困守家中，居然連公車也不會坐，最起碼的國語也不能講而訕笑生氣。經過了苦難的幾十年，媽媽仍然說話像劈柴，一刀下去，不留餘地，一再結結實實地重數父親當年的是是非非；父親，竟也相當不滿於母親無法出外做事，為他分勞的痞默，而怨嘆憤懣。一個是背已佝僂、髮蒼齒搖的老翁，一個是做了三十年拮据的主婦，鬢白目茫的老婦，吵架的頻率和火氣，卻仍不亞於年輕夫婦。三十年生活和彼此的折磨下來，他們仍沒有學會不懷仇恨的相處。那一切的一切，竟似那般毫無代價地發生？所有的傷害，竟也是聲討無門的肆虐嗎？

那些年，大哥不肯步父親的後塵去謀拿份死薪水的工作，白手逞強地為創業擠得頭破血流，無暇顧家，很自然的，那份責任就由我肩挑。說起來是幸運，也是心裡那份要把這個家拉拔得像人樣的固執驅策著，畢業後的那幾年，我一直拿著必須辛苦撐持的高薪，剩下來的時間又兼做了好幾份額外工作，陸陸續續掙進了不少金錢，家，恍然間改觀了不少。

然而，個性一向平和的我，闖蕩數年，性子裡居然也冒出了激越的特色，在企業部門裡，牝雞司晨的崢嶸頭角，有時竟也傷得自己招架不住；從前，那種半是聽天由命的不落力的生活，這會兒竟變得異常迢遙。

而母親也變了，或者僅只是露出她婚前的本性，或者是要向命運討回她過去貧血的三十年，她對一切，突然變得苛求而難以滿足。僅僅是衣著，便看出她今昔極端的不同。從前，為兒女蓬頭垢面、數年不添一件衣服、還曾被誤認為是為人燒飯的下女的她，現在每逢我陪她上布肆，挑上的都是瑞士、日本進口的料子；我自己買來裁製上班服的衣料，等閒還不入她的眼。如此幾趟下來，我居然也列名大主顧之中，每逢新貨上市，布行一個電話就搖到辦公室去。我總恃著自己精力無限，錢去了好歹會再來；而且實在的，也覺得過往那些年，媽媽太委屈了，往後的日子，難道還可能再給她三十年？我做得到的，又何必那樣吝惜？因此，一季季的，我總是帶上大把鈔票，在媽媽選購後大方地付帳。

媽媽自己不會上街，因此，不但她的，即連父親的襯衫、西褲、毛衣、背心，也是我估量著尺寸買的。媽媽是自以為半在方外的人，除了擺不脫紅塵中的愛恨嗔怨之外，許多現實中瑣碎的事，她早已放手不管，所以，每當為自己買了一件衣服，總也不忘為妹妹添購一件。那幾年，真的十足是個管家婆，不僅管著食衣住行，而且許是自己從前要什麼沒什麼，匱乏太過，所以當自己供得起時，居然婆婆媽媽到逼著弟妹們在課餘去學這學那，唯恐他們將來像自己一樣，除了讀書，萬般皆休，人顯得拘謹而無趣；或竟至到擔心他們一技不精，還要他們多學幾樣，以確保將來無虞。想想，難道我竟也深隱著類似媽媽的恐懼嗎？

在那種日子裡，又怎由得你不拚命賺錢？

而母親，是否窮怕了呢，還是已經瀕臨了「戒之在得」的老境，竟然養成了旦夕向我哭窮的習慣，有時甚至還拿相識者的女兒加油添醋地說嘴，提到人家怎麼能幹又如何孝順，言下之意，竟是我萬千不是似的。

數年前，我意外動了一次大手術，在病床上身不由已地躺了四十天，手術費竟還是朋友張羅的。在那種身心俱感無助的當兒，我才發覺毫無積蓄是一件多可怕的事！至此，我才開始瞞著母親，在公司搭會。但是，她竟精明也多疑到千方百計地盤查，為我藏私而極不痛快。當時，她攢聚的私房錢不下數十萬，卻從不願去儲存銀行，只重重鎖在她的衣櫃深處；她把錢看得重過一切，家裡除了她疼至心坎的大哥之外，任何人向她要錢，總有一份好罵，而且最後往往慳吝地打折出手，甚至不甘不願，遠遠地把錢丟到地板，由著要錢的人在那兒咬牙切齒。

那些年，她的性子隨著家境好轉而變壞，老老小小，日日總有令她看不順眼的地方，她尖著嗓門、屋前屋後地謾罵著，有時幾至無可理喻的地步。那些小的，往往三言兩語就和她頂撞起來，口舌一生，母親就一把眼淚一把鼻涕地哭自己命苦。一個人忤逆了她，往往就累得全家每一個人都被她輪番把老帳罵上好幾天。我是怕了那夜以繼日的吵嚷，所以，誰不順她，我就說誰；而我也學會了她罵時，左耳進右耳出的涵養，避免還嘴。弟妹們往往怨怪我「縱壞了她」，又譏諷我是「愚孝」，讓她有樣可比，顯得弟妹們不孝。然而，為著從前她的種種，如今又有什麼不能順她的？我們都欠她啊！

那十年裡，我交往的對象個個讓她看不順眼，有時她對著電話筒罵對方，有時把豪雨造訪的人擋駕在門外；在我偶然遲歸的夜裡，她不准家人為我開門，由著我站在闃黑的長巷中，聽著她由四樓公寓傳下來一句一句不堪的罵語……而我已是二十好幾的大人了呀！然而，她應該還是愛我的吧？在別人都忤逆她時，她會突然記起，只有這個女兒知道她的苦衷；儘管我甚少在家吃飯，買菜時，她總不忘經常給我買對腰子；很多晚上，在我倦極欲眠時，她走進我的房間，絮叨著問這問那，睡眼矇矓中，我彷彿又看到考上大學後，我拈香叩頭時所瞥見的那張類似觀音的慈母的臉。

其實，那麼多年，對於婚姻，我也並非特別順她，只是一直沒有什麼人讓我掀起要結婚的激情罷了。我僅是累了，想要躲進一個沒有爭吵和仇恨，而又不必拚命衝得頭破血流的環境而已。母親一再舉許多親友間婚姻失敗的例子，尤其是拿她和父親至今猶在水火不容的相處警告我：

「不結婚未定卡幸福，查某囡仔是油麻菜籽命，嫁到歹尪，一世人未出脫，像媽媽就是這樣。像妳此時，每日穿得水水的去上班，也嘸免去款待什麼人，有什麼不好？何必要結婚？」

走過三十餘年的淚水，母親的心竟是一直長期泊在莫名的恐懼深淵。在她篤信神佛、巴結命運的垂暮之年，一切仍然不盡人意。兄弟們的事業、交遊、婚姻，無一不大大忤逆她的心意；而最令她不堪的是，她一心一意指望傳續香火的三個兒子，都因受不住家裡那種氣氛而離家他住，沒有一個留下來承歡膝下。女兒再怎麼，對她而言，終究不比兒子，兒子才是姓李的香火呀！婚姻，叫她怎能恭維？

不巧就在這時，我也做了結婚的決定。媽媽許是累了，或者是我堅持的緣故，她竟沒有非常劇烈地反對，到後來允肯時表現的虛弱和無奈，甚至叫我不忍。事情決定以後，她只一再地說：

「好歹總是妳的命，妳自己選的呀。」

婚禮訂得倉卒，我也不在乎那些枝枝節節，只是母親拿著八字去算時辰後，為了婚禮當日她犯沖，不能親自送我出門而懊惱萬分：

「新娘神最大，我一定要避。但是，查某囡仔我養這麼大，卻不能看伊穿新娘服，還只能做福給別人，讓別人扶著她嫁出門，真不值得。」

為了披著白紗出門時，母親不能親送的事，我比她更難過，她曾在那樣困苦的數十年中，護翼我成長成今天這個樣子，無論如何，都是該她親自送我出門的。依我的想法，新娘神再大，豈能大過母親？

然而，母親寧願相信這些。

婚禮前夕，我盛裝為母親一個人穿上新娘禮服。母親蹲在我們住了十餘年的公寓地板上，一手摩挲著曳地白紗，一頭仰望著即將要降到不可知田裡去的一粒「油痲菜籽」。

我用戴著白色長手套的手，撫著她已斑白的髮；在穿衣鏡中，竟覺得她是那樣無助、那樣衰老，幾乎不能撐持著去看這粒「菜籽」的落點。我跪下去，第一次忘情地抱住她，讓她靠在我胸前的白紗上。我很想告訴她說，我會幸福的，請她放心，然而，看著那張充滿過去無數憂患的，確已老邁的臉，我卻只能一再地叫著：「媽媽，媽媽！」

——一九八二年十月六・七・八日《中國時報》人間副刊

失去的月光

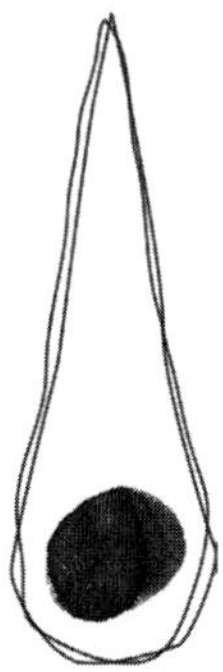

失去的月光

五點五十，離飛機起飛還有五十分鐘。三浦站在出境室的入口，臨驗證，回過身，深深注視著外邊送行的小米。小米嫵媚一笑，左手飛快貼了下唇，朝他揚了揚。三浦點點頭，轉身進去。

小米站在原地，把重心由左腳換到右腳，看著三浦的身影消失，才轉身走出機場，結束這場送行的「秀」。

三浦公司在台總代理派來的汽車，等在外頭。小米懶洋洋地坐進汽車裡，在冷氣和軟椅墊上的雙重舒適中，輕輕嘆了一口氣。

「小姐，現在去哪裡？」中年的司機客氣地望著後視鏡問她。

「勞駕你送我去長春路好了。」

出來一天。陪三浦逛龍山寺、保安宮、孔子廟，又去買了一斤烏龍茶、幾個中國結，用那半生不熟的英語和半吊子的日語，連說帶比，幾乎跑遍大半個台北市，累得虛脫。幸好他們公司派出專車接送，否則真會累死。

回到住處，放水洗了個熱水澡，舒舒服服、四平八穩地躺在席夢思床上，順手拿過茶几上的皮包，打開來，數數三浦給她的日幣。不錯，三天下來，折合新台幣大約五萬塊錢，小小的豐收。這傢伙名片上印著「取締役」，他的姓又正好是公司名，不知是否「家族事業」？看他用的是日本最名貴的「波拉」男性化妝品，出手大方、不囉嗦；在床上速戰速決，從不拖泥帶水、強人所難；又兼不是「老台灣」，還不夠精明，好應付，一年來三、四次，時間固定而恰好……將這些情報綜合起來，憑著下海兩年的經驗，小米將之列為「甲級客戶」，不惜犧牲兩千塊全勤獎金，向工作的酒廊請了兩天假，專程陪他；臨行還特地到桃園機場送行，演出了一場纏綿的場面。

所有這些，也只不過是寄望何日君再來時，出手更大方一點而已。

做她們這行的，經過過濾後的「基本客戶」掌握越多，收入越豐，涉險也越少。假感情真套牢，在歡場中，有時倒也管用，誰不願意一次交易，既有實質利益，又有精神安慰？酒廊裡的「媽媽樣」說得好，男人嘛，其實跟小孩無異，別看他狠辣世故，女人一撒嬌，很少不撤去防衛的。所以，吃這行飯，「手段」第一，外型其次。

小米把錢往茶几上一擱，快樂地在床上打了一個滾。近來競爭激烈，搶客搶得厲害，能抓住三浦，算是運氣。若換了山本那老台灣，一次三千元，要十七次才湊得足五萬塊，哪來那個生命？

說來真巧，那天本來不坐他的檯，「媽媽桑」見是生客，又派頭十足，憑經驗就推定是大客戶，一疊連聲地催她：

「小米，妳過去，日本人就喜歡妳這種豐滿型的女孩子。」

她走過去，對他們行了一個九十度彎腰禮，用日語說「歡迎光臨」，然後自自然然地坐到他旁邊，中間的距離剛夠讓他的視線落在高叉旗袍下的渾圓大腿上。

千江、葉和她，言不及意地和他們一行三人扯了半個晚上，千江一心想做場外，對他特別殷勤。她本來也想賺點外快，下星期也該多少匯點錢回去了。不過，她向來有個原則，不和同事明著爭客，何苦嘛，三、五千塊的事，弄得互相扯破臉，甚至還有人大打出手。賺這種錢，客人前撐不起臉面也罷了，好歹相互間還得張著一張人皮，連這也不要，不太作賤自己？何況千江有個孩子要養，比她更需要這種機會。

因此，當那姓劉的本地人用日語問他要哪一個時，小米藉故走了開去。那晚運氣特別好，才轉檯，便開了瓶ＸＯ，賣了兩盤小菜，算一算，當月的責任額就達成了五分之一。

「小米，妳過去，五桌的客人找妳。」

她看千江的苦瓜臉，馬上了解一切：

「千江，妳去，我今晚沒空。」

「他們要妳，沒關係，優勝劣敗，我看得開。」

她望著千江瘦小的背影，那句「優勝劣敗」叫她打心底發冷。既連這種不入流的行業，也存在著這樣殘酷無情的自然競爭法則。「貨比貨」之下，就是優勝者，也沒什麼好風光的。

轉到五桌，才落座，姓劉的便說：

「三浦先生想要妳晚上陪他吃消夜，怎麼樣？」

她笑而不答，拿起酒，為三浦斟了六分滿。

姓劉的亮出三個指頭對她照了照。

小米不疾不徐地盈盈一笑：

「劉先生，公定的價碼，您又何苦幫日本人殺自己同胞的價？」

姓劉的被扣上這頂帽子，靦腆中有不安：

「這個價錢很公道嘛。」

「對日本人有什麼公道好說？他們每年賺我們多少錢，人家也講究公道？」

姓劉的臉色一變，大有「婊子論國事」的不以為然。

小米機伶，瞬即嫣然一笑，叉了一尾小捲，塞到姓劉的嘴裡，說：

「劉先生，日本人對這種錢不在乎的，爽，最重要。夜裡好睡，保證您明日事情談得一帆風順。」

說著，悄悄用手撫了一下桌子下姓劉的大腿。姓劉的不三不四地笑了一下，歪著嘴問：

「多少？」

小米依舊只笑不答，又為三浦斟酒。

姓劉的等不及，伸手比了一下。

小米這才緩緩地說：

「劉先生，您沒聽說，『姬』的米子，一向非五不賣嗎？」

姓劉的做了個咋舌狀，轉頭對三浦解釋，又諂媚地大嘆太貴。

三浦對他揚揚手，表示無妨。小米看在眼裡，暗自慶幸「高價政策」奏效，表面上卻仍不動聲色地應酬著一桌客人。

下班時，小米匆匆脫下長旗袍，換上便服，驅車到三浦落宿的飯店。才剛敲開房門，向三浦說了些「抱歉，讓您久等」之類的客套，房門便又「咯咯」響起。三浦去應門。服務生端著茶水進來，小米故意面向梳妝檯，不去理他，服務生等了會，開口向小米說：「小姐，叫他給小費呀！」

小米看看三浦，日本人最吝給小費，實在不好在這節骨眼上殺風景。而且這種類似敲詐的行為，未免也太過惡劣，難道認為皮肉生意無本買賣，能敲就敲？

「等一下如果臨檢，我可不保證妳能安全過關。」服務生站在門邊，抖著一條腿，說：「最近查得很嚴。」

小米一言不發，打開皮包，丟了一百塊錢給他，這才將他打發走。像他們賺這種「看門錢」，的確比她們高姿多了，誰敢不買帳呀，而且還付得巴巴結結，乾乾脆脆。

三浦是個好看的男人，三十七歲，正如大多數男人，好色，但沒有日本男人那副類似公狗當眾做愛的齷齪醜相，使小米扭曲慣了的尊嚴稍稍得到舒展。為了這個，她出於真心地為他「馬殺雞」，而這點額外服務，使他在第二天付款時，多給了一萬日幣，還要求小米當天晚上早點來陪他。看在五萬日幣的分上，她爽快地答應，不惜打破連續兩個月的全勤紀錄，換句話說，也就是犧牲兩千塊錢的全勤獎金。

第二個晚上，他們像情人一樣坐在床上聊天，他告訴她一些家裡的狀況、妻子的形貌，又拿出一雙小兒女的照片，讓照片中的小日本孩子向她傻笑。當然，她也告訴他一席動人的；為家庭而犧牲的故事，正像她向許多恩客訴說的一樣。

第三天，是他此行的最後一日，公事都已辦妥，她答應帶他看看台北，並像許多幹這行的姊妹淘一樣，堅持到機場送行。

三浦走了。日子又恢復了尋常。她仍得每日趕七點簽到，輪流穿上那三襲扣掉她六千四百塊薪水的制服，穿梭在那些來尋歡或買醉的男人之間，領那名義上是一萬塊，而藉著各種名目東扣西減的薪水。為了套點交情，陪客人吃消夜，搞到半夜兩點多，運氣好時，碰到海派的客人，會賞個三、五百塊小費，下次再來，還會指名要她們坐檯，這才是最重要的。否則，一個月開十二瓶酒，帶客人進場四次，賣三十份小菜的責任額，如何達成？

五點過十分，翻開電話號碼簿，打電話到安田次郎辦公室，總機告訴她，安田出差台南。小米怔了一下，又打另一個電話：

「請接木村勝雄先生。」

電話另一頭傳來木村自報姓名的聲音。

小米柔媚地開口：

「木村先生嗎？我是『姬』的米子。」

「嘿嘿，妳好嗎？」木村用腔調不太準確的國語，愉快地回答。

「好久沒來店裡，最近很忙嗎？」

「是是，最近換新社長，比較忙。」

「忙也要喝酒吧？今天一起吃飯，再到店裡去，好不好？」

「今天？不行不行，今天有事。」

小米沒問他什麼事，她懂得適可而止。要人家請吃飯，再花五百塊進場費，不是交情特別好，就是鈔票太多沒處花。一個受薪階級，即使是日本人，月入也不過台幣七萬左右，不會無目的大方。何況到台灣一久，他們都精得像本地鼠，等閒不會輕易上鉤。本地客不是沒有，但麻煩多，萬一不小心，讓人家老婆報警抓姦，像以前做過的「千美」同事七巧，被揍得鼻青眼腫，還被告妨害家庭，後來對方雖然抽回告訴，到底也搞得灰頭土臉，一下子少了七分人氣。做這行已夠淪落，誰還願去招惹什麼？

小米意興闌珊地掛了電話，怔怔呆了十多分鐘，才無可奈何地下床。打開壁櫥，拉出一件紫色真絲洋裝，懶懶地換上。

若不是能透過工作場所的媒介，認識一些「客人」，小米可不想去上這個班。一萬塊薪水，扣掉置裝、脂粉、交通費，所剩本來不多。加上經常跪著侍候客人，絲襪易破，膝蓋日久也磨出一片烏青。還得厚著臉皮央求客人捧場，心頭壓著「責任額」，為了開酒、賣小菜，同事間你爭我奪，大傷感情，有時想想，人活到這步田地，真是毫無尊嚴可言。

高中畢業那年，她也和家鄉的許多女孩子一樣，隻身北上。憑著十九歲耀眼的那張臉，加上跟著父母學來的幾句日常應酬日語，在一百多個應徵者當中脫穎而出，晉入一家大規模的日本商社當櫃檯接待員。規規矩矩當了四年花瓶，不知失閃了哪根筋，後來居然糊裡糊塗和公司的業務經理搞在一塊，懷了孕，有妻有子有地位的他不願負責，逼不得已把孩子拿掉。人家老婆厲害，聽到風聲，也不容她照面，一狀告到上頭去。那個月沒做完，小米便被裁遣。此後打去公司的電話，總機根本不幫她轉。那一栽，算是結結實實斷了她僅存的痴心妄想，狠狠就砸碎她的少女夢。

也曾想草草不活了，就是想不來怎麼死好過一點，也不興驚天動地地惹人議論。在這點上打轉復打轉，有一天，終於豁然開朗，發現自己其實是死不了的，到底還貪著太多太多的事。人一想通，現實就清清楚楚地逼上眼前。

那陣子正逢不景氣，沒有一點專業技能，憑那張也並非當真國色天香的臉，如何擠進大家都在緊縮的櫃檯工作？謀職碰了一鼻子灰，兩個月徒勞無功的奔波，安家費沒寄，手邊僅有的一點錢也用完了，本想行李一收，回鄉下去，但哥哥一家六口，加上中風的父親和年邁的母親，她這好手好腳，好歹也高中畢業的「小姑子」，憑什麼再回去吃閒飯？

當初自己一心要到台北，任憑老母親眼淚汪汪地勸，總是「壯士一去」的昂揚。那些年，家鄉年輕女子都是有出無進，除非蜻蜓點水式地衣錦還鄉，很少再有折回去的，否則等於向全村的人宣告，自己在外頭混不下去了。台北前後四年，拿捏著一派大都會的花俏裝扮，每回返鄉，總掩不住三分炫耀的心理。如今，再拿什麼臉畏畏縮縮地回去？

昔時，愛嫌冬日裡海風颳人寸寸痛，炎夏又覺鹹濕的風膩在身上特別黏，就連一輪明月朗朗敞敞地掛天上，也嫌唐突。幾年後，偶然念起家鄉的日子，過去白嫌著的景象和事物，反倒鮮明活絡地蹦到眼前，叫人無從躲閃。

情緒之外，她倒認真思考過回鄉的生計問題。從前，海港家鄉，女子最盛行的副業是編草帽，熟手的，兩三天就編一頂，手工錢積少成多，倒也可觀。這些年，草帽外銷，不知怎的大為沒落，家鄉婦女，仍在做這工作的，已寥寥可數。她從未摸過那玩意兒，而手工的東西講究熟練和快巧，她倒未必就練不來這本事，最根本是，她缺少坐下來眼觀鼻、鼻觀心的定性。

她是死心眼，一心體體面面地坐辦公桌，尤其過去四年的櫃檯接待經驗，使她不識時務地殘留著「沒落貴族」的莫名尊嚴，一逕地寄履歷表到「誠徵職員」的窟洞去。誰能忍受花也似的「咪咪」，在工廠當作業員，若進工廠，她咪咪也不用千里迢迢、巴巴地往台北跑了。

「落難台北」倒還不曾逼她「下海」去。

那一日，她依分類廣告去應徵「餐廳服務生」，負責人向她上下打量一番，問道：

「這裡的規矩，妳知道嗎？」

她搖搖頭，一臉愕然。

「底薪六千，出場一次兩小時，兩千塊，四六分。」他深深看她一眼，把語氣加強：「妳六我四。」

「出場？」她狐疑地問：「這不是餐廳？出場，去哪裡？」

負責人看了她半天，小心地尋找字眼：

「看來妳是沒做過。我告訴妳，這是餐廳，沒錯，平常妳們穿便服跟他出去，一次兩小時，超過時間再加付一次費用。妳別看價錢低，生意好時，一天可做好幾個。像妳這樣，我保證生意興隆。怎麼樣，妳決定的話，馬上可以上班。」

——這樣免得被抓——只要坐在餐廳等就好。客人來店裡，挑中誰，誰就

她到底明白他的意思了。一霎時，她有種被凌辱的感覺。不錯，自己一直找不到工作，但也不至於必須淪落到這種廉價的人肉市場！

「妳別看輕這種工作，許多大學生都做呢。總比工廠作業員好吧？」

負責人見她似有猶疑，繼續遊說：「妳沒聽過：笑貧不笑娼？這年頭，沒錢才窩囊。當然，第一次難免緊張，久了就好了。而且，我們這裡比別家同行好，我有幾個旅行社的導遊朋友，日本觀光客一車載來，一次幾十個，應接不暇，保證月入好幾萬。勤快一點，上千萬也可能。」

她沒說話，好不容易才克服要哭的衝動，站起來，說：

「謝謝，我想，我不適合。」

步出餐廳自動門，忍不住就伏在樓梯口哭，兩個多月來的委屈和焦慮傾瀉而出，一下子還真止不住。

不知過了多久，身後一個聲音問道：

「喂，妳不舒服嗎？」

她把眼淚擦乾，回頭一看，原來也是來應徵的：長長的臉，透著一份滄桑。

「妳不懂，不該來這裡，這種吃人的地方。」她伸手輕推小米一下，示意她下樓：「如果妳要做純的，可以到酒廊去做。只服務，上下班，做不做場外，隨妳。不過那種工作，薪水大約一萬多一點而已。十二點下班，沒公車，只能搭計程車，住得遠不划算。而且為了新鮮多變，制服常換新，另外做，也是一筆很大的費用。」

小米只聽進了「可以做純的」這句話，謝了她，又足足考慮兩天，才到酒廊應徵。就這樣過起見不得陽光的日子。

剛上班時，她很訝異地發現，酒廊上班的「小姐」，竟有那麼多色相平平的，有些甚至拖兒帶女，早已邁過三十大關，再也稱不上年輕貌美。然而，濃脂厚粉加黯淡燈光，每個女人看來都像同一模子翻版出來的。千金買醉，僅求一時，誰在乎洗去鉛華後的恆久素顏？

那裡的女人，每一個都將「背景」掩飾得很好，除非日久洩底或走得近的人漏出口風，否則誰也不去追究誰是「誰」。到底，人人都將這種生涯當作過渡時期，機會一來，洗手脫身，誰不願這個階段無聲無息地在生命中完全銷聲匿跡？因此，她在那裡，就叫「小米」，不稱名不道姓，把自己從歸屬的泉源、家族、身世中隔離，單單純純、孑然一身。每一個人，都是一個密不通風的繭，將有血有淚的一切緊緊裹起。

每天，等不及月亮上升，一個人走過熱鬧的街道，轉入闃靜但霓虹燈爭閃的巷弄中，推開門進去，很快的，那扇門在身後闔上，將外面的月光敞亮絕對隔絕。於是，她就進入一種無邊的黑暗漩渦中，成為戴著假面具的鶯鶯燕燕。

或者是清新吧，也或者長著一張甜膩膩的娃娃臉，一些日本客直接間接地向她探詢。起先，她板著臉，從裡到外豎起刺蝟拒絕；漸漸，也懂得用笑容閃躲，不再那樣生硬。

其實，不做場外交易的小姐仍占大多數，像小雅，白天還在一家公司當總機；秀秀，正在學美容按摩，準備學成轉業。她發現，做不久的人容易把持原則。酒廊上班如果只是踏腳板，一樣清清白白，靠服務賺錢謀生，倒也沒什麼值得置喙的。問題是，一段時間跳不出去，心灰意懶地屈服於誘惑挑逗，一下子就失閃的，大有人在。

她的第一個「客人」，是日本商社在台的會計經理，大場源一郎，三十過五的人了，卻有一種類似大男孩的羞澀。第一次，他和大夥日本人來，好像已經跑過多家酒廊了，到他們店裡時，有幾個已酩酊大醉。五位小姐過去坐檯，鬧哄哄，日本人還直嚷不夠。小米受命過去，大場正醉態可掬地拿著麥克風唱歌。唱完，靦腆地對大家說：

「請多多包涵。」

當時她只覺日本人「有禮無體」。出於職業，跟著鼓掌叫好。很快的，大場就注意到她。

那次以後，他有事沒事就來，有時獨自一人，有時夥同日本客，次次都叫小米坐檯。逐漸的，店裡就起鬨，稱她是「大場先生的愛人」。

儘管寂寞，小米卻不曾想到要和日本人有什麼瓜葛，她簡直不能想像，和日本人發展出一種「親密關係」？像店裡的「媽媽樣」，也不過三十一歲，混上了日本姘頭，才一兩年，便買房置產，又經營起這家酒廊，儼然一副老闆娘的架勢，平常出雙入對，你儂我儂。那幕後的日本老闆，頭已半禿，在日本有妻有子，可是一年倒有大半在台灣，每次還是「媽媽樣」將他半攆半催地請回日本：

「你太太好可憐，回去看看吧。」

小米不相信，「媽媽樣」當真那麼大度，會出於同情或不好意思而讓出日本姘頭；她更不相信花豔般的「媽媽樣」會真喜歡上那日本佬；而那日本佬，由著「媽媽樣」和客人打情罵俏、擠眉弄眼，絲毫不以為忤。那之間，難道會有真感情在？想來也不過相互利用、權宜之計罷了。到底，虛情假意費心思，一年總得分開一陣子，各自透透氣，休養休養，藉機也放對方一馬，男的去溫敘天倫，女的重續舊情或漫打野食。要不，最起碼少了日本老闆的這陣子，收入可以以多報少，納入私囊。然而，日本人畢竟不傻，肥水不落外人田，日本人經營的酒廊，賺的是日本人的錢，這也算經濟侵略的一種吧！「媽媽桑」不過是個掛名經營者，她用她的身體「分紅」罷了。

因著眼前的例子，小米對大場，絲毫沒有存心。在台日本受薪階級，流行在這裡搞個「愛人」，既能炫耀同儕，又能排遣寂寞。三五年過去，調職回國，還不是「不帶走一片雲彩」地走了？所謂「愛人」，其實就是長期有價的固定陪宿女郎而已。

大場來的次數多了，漸漸便和小米熟稔起來。他把中文當日課，學了兩年，因此，他們幾乎可以很輕鬆地用中文交談，某些談不清楚的，用筆寫，用英語，用日語，甚至比手畫腳，倒也談得有聲有色。

後來的幾次，他留到打烊送她回家，車到門口，他旋即原車回去，不曾打擾。有一夜，他們出了酒廊，慢慢踱著。寒夜如冰，大場用風衣裹住小米，不知怎的，兩人都未曾提議叫車，從民權東路彎入中山北路，走不久，大場忽然指著巷子裡的一幢七層大廈，說：

「我住在那裡。」

小米站在巷口，抬頭注視著那幢建築物，隱隱約約，有幾扇窗戶，在簾幕之後透著燈光。她轉頭望向街道，中山北路長得不見頭尾，落腳的地方，在遙不可及之處。小米低頭看著街燈下兩人偎在一起的影子，說：

「我們上去吧。」

大場跪在地毯上為她解掉鞋帶。小米順著他兩手的拉力，輕輕滑下。兩人在溫柔的燈光下，互相用眼光撫觸對方。當大場溫熱的鼻息靠近她額頭時，小米完全忘記他是個日本人，她只知道，寂寞像一張天羅地網，將兩人團團罩住，她不想，幾乎也不能去掙脫。

第二天，小米在車聲中醒來，默默注視著小燈下熟睡中的大場，小小的套房內一片旖旎。突然，床頭電話響起，大場在朦朧中拿起話筒，嗯了一聲，旋即掛上，整個人一剎那中完全清醒。

他低頭吻了一下小米，說：

「管理員叫我起床的電話——又要上班了。」

盥洗後，臨出門前，大場將一個小型日本菸盒交給她，說：

「請收起來。」

小米不解：

「我不抽菸。」

「拿著，回家再打開。」

在計程車上，小米打開那早已開封的菸盒，裡面赫然是五張千元大鈔。

夜來那一腔羅曼蒂克的柔情，轉瞬化為烏有。小米握著五張大鈔，突然有種被踩在腳下的感覺。

然後，她收起戀愛的心腸，成了大場的在台情婦，每個月大場給她三萬塊生活費。加上薪水，她居然代替兄弟，負擔起父親的醫療費用，還在鄉下老家，為全家訂了一戶正在興建的二樓透天厝。

大場調回日本，是一年以後的事，剛開始，還來兩封信，小米沒回，就斷了音訊。那以後，她開始零零星星接些她看得順眼的客人，沒想到這點「選擇」，倒使她紅了起來。

六點整，小米穿好衣服，素著臉到巷口吃了碗擔仔麵，然後慢條斯理地自長春路走向林森北路，抵達酒廊，才六點五十。

簽了到，到化妝室化妝。莉莉和阿平在那兒吃肉粽，見了小米，阿平放低聲音說：

「邱小姐好惡劣，千江小孩發高燒，來電話請假，邱小姐不讓請，說店裡規定要事先請假，否則得扣兩千塊。妳想，小孩生病還能預先知道？扣掉兩千塊，她這個月還領什麼？」

「噓，小聲點，」莉莉在一旁忙提醒阿平：「等會讓她聽到可不得了。」

小米拿出吸油紙，對著鏡子邊拭臉邊說：

「千江這樣也不是辦法，小孩大了，晚上上班實在不方便。」

「這話誰不會說？問題是叫她去做什麼？」

小米差點脫口叫她去工廠當作業員。編派別人，到底容易，兩點一線的想法，適用誰的人生？

「如果能找個人結婚就好了。」阿平扔掉粽葉，邊洗手邊說。

「哈！結婚?!她不是才離婚的？」莉莉踢掉拖鞋，把腿抬到椅上，開始穿褲襪：「別以為男人可以依靠，妳瞧葉子她男朋友，自己不做事，巴巴地為葉子找了這個工作，還要她接客賺錢供他揮霍。有個男人像有個債主，還有好日子過？」

「她那男人根本就是流氓，早就看準目標算計好，故意和葉子搭訕，葉子還以為遇到白馬王子，可以脫離苦海了。」

「做我們這行的，怎可能有好歸宿？」莉莉狠狠地用化妝紙拭去臉上的清潔霜：「秀秀的先生，不也是外頭有女人，把他們母子丟著？老婆不要倒罷了，連親生兒子也不要，害得秀秀白天還要幫人家化妝、按摩……」

「又說我什麼了？」

秀秀推門進來，正聽到阿平的話尾，追著問。

「剛談到妳老公。」

「什麼老公？早就是別人的了。」

「妳怎麼不告他們？」

「沒錢又沒閒，告什麼告？我連他們住在旅社，都懶得去抓姦，還告什麼？告了，丈夫也搶不回來。是妳的跑不掉，不是妳的追也沒用。爭什麼？」

秀秀一臉倦容，脫去便服，把制服往身上套。

小米從鏡中看她瘦削的身體，第一次打破慣例，問起人家的私事：

「小孩多大了？」

「才一歲半。」秀秀伸手扣旗袍襟子，臉色黯黯淡淡：「這麼小，一想就累，要拉拔他長大，不知何年何月？常覺得熬不下去了，顧不了他……」

「別這樣，秀秀，天無絕人之路。而且我們也不見得只有結婚才能活。」

「是沒錯，可是卻真累啊！一天不工作，房租吃飯就有問題。有時真想一死了之，我不信他能不管他兒子。可是回頭一想，別的女人怎會疼我兒子？」

「這樣想就對了，孩子還是要親娘，才可能像樣。」

阿平話尾一落，化妝室的門一開，進來了葉子、玲玲和素素一票人。

「妳們還摸，快七點半了，不各就各位，等會又挨罵。」

小姐們紛紛整妝出來，場外一切就緒，八代亞紀的歌聲正迴腸蕩氣地唱著。

「媽媽樣」坐在櫃檯裡，眼光依次掃過她們，陰聲陰氣地說：「葉子，妳最近胖得不像話，要加緊減肥，否則旗袍都給妳撐破了。小米的頭髮去燙一燙，都沒型了，像頂著一堆稻草。還有酒要加強，多開幾瓶，妳們的獎金也多。」

大家陽奉陰違地扮著一臉笑，轉回頭，互相做鬼臉。然後圍成一圈，坐滿裡桌。

第一批客人八點前一刻到，門一開，屏風上的警示燈馬上亮起，客人才一現身，眼尖的素素馬上開口招呼，很快迎上前去：

「歡迎光臨！竹本先生，松田先生，小林先生，好久不見。」

一天的生意，就這樣千篇一律地開始。

九點左右，生意正好，除了七桌，全部滿座。鋼琴師起勁地彈奏著「大阪今日下著雨」，幾個日本人荒腔走板地合唱。歌聲酒影，歡樂浮生。

小米到櫃檯交酒單時，素素從後面碰碰她，說：

「六桌的那個胖子，噓，別回頭，等下再看。」素素把她的肩扳著。不讓回頭：「噁心死了，居然出價兩千過一夜，他算什麼，小白臉呀？我還倒貼！簡直侮辱人。」

小米淡淡地說：

「不做就算了，生什麼氣。」一面對櫃檯說：「雷馬汀一瓶、啤酒兩瓶，魷魚、小黃瓜各一份。」

「妳又開一瓶酒啦？運氣真好。我今天倒楣透了，坐錯檯。」

「風水輪流轉，好、壞，不都輪得到？」

小米從骨子裡就不喜歡素素，自恃是大學生，以為高人一等，不是排擠別的小姐，就是亂搶客人，見不得別人好。其實大學到底念畢業了沒也不曉得。小米常想，要是她混得進三專，打死也不做這行。何況商業文書，正是做祕書的料，體體面面，何苦在這受人凌辱？而素素家境不錯，上回她自己還說，她媽媽為了她做這個，和她斷絕母女關係。怪不得有人說，神女充斥的這條黑街，多的是好逸惡勞，自甘墮落的女人，素素就常嚷嚷，幹祕書，一個月能有多少？還要準時打卡，做滿八小時，簡直不是人幹的。小米有時會想，自己幹這行，其實絕對說不上為生活所迫。再怎樣，生活畢竟還不至於猙獰如此。然則糊裡糊塗走上這途，圖的是什麼？吃穿有限，她也並不虛榮，淪落至此，才叫冤枉！但是，不費力的日子過慣了，竟也無力去拉拔自己，任由青春，在沒有陽光和月光的陰影裡載浮載沉。往昔家鄉多的是隻手擎天的寡婦，細頭細面，小腳顛危，卻是為了兒女門風，能由死裡做過來，照樣腰板子挺得直直的。不知道過去支持那些女老祖宗的，現在怎麼不支持她們？究竟是少了什麼呢？她們這些年輕輕的女子？

在這個圈子裡，來路如何，原不是特別值得關心的，問題是素素，那種為搶生意完全罔顧同事情誼，和恨不得所有的好處都讓她占盡的作風，的確令人不敢恭維。

上回她搶千江的生意也罷了，偏偏還對客人說「千江有孩子，是個棄婦」之類的壞話，當眾被千江摑了一記耳光。別看千江個頭小，打起架來倒是俐落，若不是玲玲她們勸架，大概局面會更惡化。

小米對這種人絕對敬而遠之。生活，已經夠累了，何苦再惹這些？回到座位，客人正在談誰是誰的愛人，談到高興處，相對大笑。琴師休息，伴唱機放起東洋音樂，滿屋的煙霧和酒味，滿屋子的笑聲和酒語，乍一看，像待在化裝舞會裡。

「條子！條子來了！」

小米猛一抬頭，只見三個警察從入口衝進來，正向最近的第一桌和第二桌衝去！

小米趕緊離座站起來，驚魂未定，見也剛從沙發上站起來的秀秀和葉子，被警察順手一推，又分別跌坐在沙發上。

「違規陪座。」帶頭的警察望著裡面，問：「誰是負責人？」

「媽媽樣」迎了出去，一臉的笑。

鈴鈴不知何時靠過來，湊在耳邊對小米說：

「好險，還好我們在裡桌，否則就被逮了，要關好幾天唷。真是的，客人太多，大家一忙就忘了注意開門的警示燈。上回我說，該請個看門的，邱小姐要省錢，到底省出毛病來了。」

小米看著燈光下慘白著臉的秀秀和葉子，問鈴鈴：

「會關幾天？」

「難說，三天到一個禮拜，也有一天就出來的。」

警察登記好姓名，葉子和秀秀進來換便服，走過阿平身邊，秀秀對她說：

「阿平，打電話告訴我姊姊，麻煩她幫我看孩子。」

說完，從旗袍襟上抽出寫酒單的原子筆，在紙上寫下電話號碼交給阿平。

小米站旁邊，看不出秀秀的表情。

警車將她們載走，巷子裡盡是看熱鬧的同行，幸災樂禍地指指點點。秀秀木無表情地坐著，不知怎的，小米竟覺得她像慷慨赴義的志士，一派從容鎮定，一派一往無回的決絕。

經這一鬧，大家沒趣，客人走了大半。「媽媽樣」對著她們咬牙切齒：「大家都沒長眼睛？警告三次，可得吊銷執照，妳們樂呵？」

兔死狐悲，誰又樂了？小米悶悶地在心裡嘀咕，沒情沒義的話，也講得出口？吊銷執照，換個店名再申請，不是又新新鮮鮮的一家？拘禁不同，可是結結實實的坐牢。

小米無情無緒地呆坐裡桌。這種日子，怎是人過的？怎麼剛好是秀秀，而不是素素？

第二天上班，在化妝室聽鈴鈴說：

「秀秀和葉子下午就出來了，邱小姐去奔走的，說來總算有點良心。不過她若不這樣，誰肯替她賣力？這年頭，小姐也不好請呢！」

「妳怎麼知道？」

「小邱小姐說的。」

「媽媽樣」的妹妹說的，大概不假。小米心寬了些。

當晚，葉子來上班，雖有點意興索然，到底還不憤世嫉俗。年輕，什麼都來得及呀！

倒是秀秀，連著兩天沒來上班，也不曾打電話，惹得「媽媽樣」直跳腳。「關一天要休息兩天？金枝玉葉呀，受不得一點罪？」

第三天中午，小米還在睡，阿平打電話到她住處：

「秀秀死了。」

「妳說什麼？」小米睡眼惺忪，沒聽清楚。

「秀秀死了，自殺死的。」

小米一下子清醒過來，捏著被角的手不覺直抖。

「妳，怎麼知道？」

「我打電話去她姊姊家。」

「她……小孩呢？」

「小孩在，她一個人走的。」阿平在電話那頭啜泣：「她怎麼放得下？」

小米一個人在床上坐了一下午。轟隆轟隆，只覺一排一排的浪頭，直打在心坎上。

活著，當真那樣不值得爭取？孩子，難道不是支持一個女人活下去的全部理由？她和秀秀沒有深交。在那裡工作的女人，身世和心事一樣諱莫如深。對於秀秀的死，傷心，或許談不上，只是太想像不到的震撼了。

如果有錢，或有一個相當的工作，秀秀會不會自殺？她曾告訴阿平，美容按摩，到處都是，能攬到的客人不多，光靠一個招牌，收入連付房租都不夠。但是，這樣單純的理由，就能叫一個女人撇下稚兒死去？小米怎能相信？秀秀，是否一直在找一份能安心做而又足以養孩子的工作？或者一心還在期待她那青梅竹馬一個眷村長大的年輕丈夫回頭？無論如何，兩個人總比一個人厚實點吧？她曾說，好累……但二十五不到，年輕輕的人，何至於連一點點希望也放棄？

　　像她們這樣的女人，最好的歸宿是什麼？如「媽媽樣」那般，退休當老闆，操的仍是舊行業，呼鶯喝燕，買屋置車，外表看起來，際遇和手段真是一樣好。可是，也仍舊擺不開虛情假意，變相的「賣肉批發」生涯。或者，找個人嫁，穩穩當當地過日子，但，人生有所謂穩穩當當的事嗎？還是轉業，狠下心割紅捨綠，轉出這死胡同？

　　窗口掛著一片天地，灰濛濛，沉甸甸。大天大地，怎會一下子容不了人？小米閉上眼睛，恍惚中，又像重沐在月色裡，一夥人端著板凳，在挖蚵場邊搖扇閒聊的舊日時光。那蚵殼堆積起來的小山，那小山發出的腥臭，挾著海風，在月下吹襲著老老小小。五年了，翻翻滾滾，才了然，同樣是生活，有叫你血流如注的，也有寬容大度，讓你安安穩穩的。只不懂，為什麼有人莽莽撞撞，渾身是傷。卻還識不得來時路，走不回去？

晚上上班，在化妝室聽到鈴鈴和莉莉曖昧地咬耳朵，小米不經心，彷彿聽到什麼跳舞之類的話。過了會，兩人似乎商量好，莉莉走近拉拉小米，示意她到邊上。

「鈴鈴有門路，可以到日本，只要跳舞，月入最少有十多萬台幣。」莉莉用眼角掃了一下另一堆正談話的同事，壓低聲音：「妳人好，不囉嗦，我們可以介紹妳一起去。」

「跳什麼舞？」

「現代舞之類的，他們會訓練我們。」

「這麼簡單，他們不會用當地的女孩？何必找台灣女孩子，付那麼高的價錢？」

「妳不知道，他們也不是亂找，去的人要經過審核的。」

「莉莉，妳們要搞清楚，不會這麼簡單的，其中一定有什麼內幕，萬一被什麼山口組之類的控制，那就完了。」

「怎麼會？鈴鈴同鄉就有好幾個姊妹淘，人家不是風風光光地來來去去？妳該看看她們穿的、用的，真是高級！」

小米還沒回話，鈴鈴勸她：

「我們是拿妳當朋友，才告訴妳。繼續留在這裡，能有什麼前途？只要看秀秀和千江就知道。」

「鈴鈴，我很感謝妳們，但我也拿妳們當朋友，才怕妳們上當。」

「不會的，我們有關係。」鈴鈴很篤定：「我已經在辦手續，莉莉過兩天也要辦，不久就可以走了。妳怕，沒關係，妳留個電話，下次我們回來再找妳。」

小米躊躇一下，將住處電話留給她們。在寫下最後一個號碼時，心念一動，抬頭看鈴鈴和莉莉兩人。如果下次她們回來，這個電話還聯絡得到她，那麼，往後的日子，實在也沒什麼可期待了。而，她們，是否還會對未來，對人生，滿懷憧憬地回來，用穩定的手指一個一個撥著這個號碼？

死了秀秀，走了鈴鈴和莉莉，店裡又開始招考服務小姐。來的人有濃脂厚粉，要把造物者給的本來面目遮掉；也有清清純純，一派不該沉淪的長相。走過櫃檯，只聽「媽媽樣」有模有樣地複述：

「底薪一萬，另外全勤獎金兩千，開酒獎金三千。這裡做日本客，妳的手腕夠，小費就多過本薪……」

最原始的行業，永遠不會式微。來來去去，總有人屬於這個地方。原來，人生也不過是一連串的「供需」問題罷了。

「請坐，藤原先生，鈴木先生，歡迎光臨。」

「鹽田先生，久違了。呵，還有五木先生，快請這邊坐。」

燈紅酒綠中，森進一的「哀愁的碼頭」正像沒有國界到處流竄的寂寞，冷冷、冷冷地唱漫整個酒廊。

門「嘩」地一開，不知怎的，隨著進來的人，小米竟似看到瀉進來一片月光，眼前耀眼地閃。

一霎時，小米想起往時老家門前，榕樹上一逕看到的那輪清月，不知不覺，兩耳就充塞起澎湃千年萬年，自己聽著長大的濤聲。

今夜，倒是陰曆初幾？家鄉的月，依然清輝照人嗎？

小貝兒的十字架

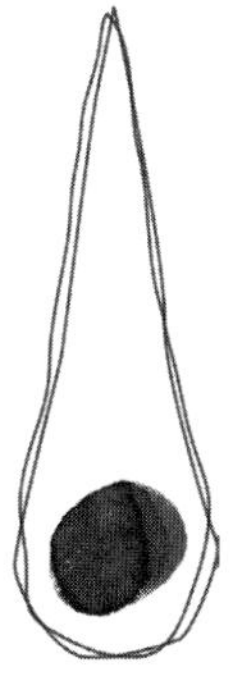

小貝兒的十字架

小貝兒出生的時候，我們全家都擠在醫院產房門口。

經過十個小時的陣痛，夜裡十一點十五分，初產的嫂嫂被推了出來，那張秀麗的臉龐因充滿厭煩而竟顯得生氣勃勃，一點也沒有奮鬥後的產婦疲勞。當我們趨前去的時候，不知是有意或無意識，她很快地把臉別了開去。母親老來才第一次做上祖母，高興得大概沒有注意到這小小的舉動，回過身，又興高采烈地去詢問先走出產房的一位護士小姐。

「很好，很正常，只是孩子太小，出來時拍了兩下屁股才哭的。」護士小姐笑咪咪地說著，卻並不回答母親最關心的問題。

還好，緊跟著後面出來的醫師，用天下最動聽的兩句話回答激動的母親：「正常，男孩子。」

母親快樂得忘了她的兒子已三十五歲，當眾數說起大哥：「你看，懷孕的時候，要浣芳多吃，偏偏不聽，結果孩子太小，還沒力氣哭。想當年，你生下來有多大，我還差點生不出來呢！」

我想，如果生的不是男孩子，母親大概不會有這種心情吧！平常，她就老說，男孩是傳續煙火的香鼎，女孩只是祭供用的豬頭而已，這種比喻，主要是用來提醒我們這些女兒，為什麼她要對兒子偏愛些，因為將來我們總得像潑出去的水般嫁掉，不再是應家的人；她同時又用「女兒是油麻菜籽命」來安慰我們，要女兒別計較未嫁時的一切，「嫁得好才是好」。年紀小的時候，聽到這話真傷心，覺得同是親生兒女，為什麼要這樣差別待遇？何況自己比兒子更孝順她！長大一些以後，知道外祖父為了要一個兒子而在三十年內娶了六個姨太太，使元配的外婆受盡辛酸苦楚的事之後，也就較為釋然了。

我那因高度緊張而後極度高興的哥哥，頭也不回地跟著他妻子的產床進了電梯。所以小貝兒被抱出來的時候，實際上只有祖父母和這些姑姑叔叔們迎著他。不知嫂嫂在產房裡是否看過她那原本不受歡迎的兒子？糊塗的哥哥，在盼了那麼久之後，倒是忘記看他一眼的。

紅紅的臉，因體重太輕而顯得皺皺的，橫看豎看，既沒有嫂嫂的秀麗，也缺乏大哥的英挺。上初三的小妹在背後嘀咕了一句，正點明了我的失望：「好醜！」小弟倒是很篤定：「剛生下來的嬰兒都這樣。」

被抱去育嬰房的貝兒開始號哭，不知怎的，我竟好像看到他臉上有不快樂的感覺。當然那一定是我的錯覺，剛生下來的孩子，就像某些人說的，好像動物，哪懂得什麼快樂不快樂？

嫂嫂在醫院住了五天，我每天下班後都在醫院滯留很久，不過很少進她那時時擠滿她娘家人的頭等產房。大半時候，我都逡巡在育嬰室的玻璃窗外，望著我那時紅通通的小姪兒。那是哥哥的兒子嗎？那個浪蕩而飄浮不定的哥哥，那個因身兼長孫和長子身分而自小備受寵愛的哥哥，如今是不是會安定下來？我們全家背了這麼多年的十字架，可以卸下來了嗎？想到那號稱一千員工的「××之花」的嫂嫂，我突然覺得心情沉重起來。

當初兄嫂要結婚的時候，爸媽並不反對，相反的，還積極地對什麼都沒計畫的哥哥全力鼓吹。只是因為哥哥是長子，所以有關訂婚、結婚的規矩禮節要求得仔細又繁瑣。我們家正熱熱絡絡地忙著籌備，只見過一次面的準嫂嫂卻單人匹馬地闖到我家，當著我們大家的面對兩老說：

「我早就聽說大平的母親意見很多。不過結婚是我們兩個人的事，今天我盡晚輩的禮數來通知你們，至於婚禮，我和大平都認為你們兩位並不一定要參加。」

一向教女甚嚴的母親，面對那無禮莽撞的二十八歲女孩，突然傻了眼，一句話也答不上來。老實木訥的父親當然更不用說了，只在事後才平和而憂心忡忡地對大哥勸說：

「人是長得漂亮，家境也不錯，卻那麼大年紀還沒結婚，當然或許是她對結婚對象挑得嚴格的緣故。不過會不會是有其他性格上的問題，應該仔細考慮考慮。」

父親當初或許已預測到，嫂嫂要嫁給哥哥，不會單純因為愛情的緣故吧？

結果，訂婚禮照預定時間舉行。典禮前一週，雖然嫂嫂已聲明了她不表歡迎的態度，母親卻仍很帶勁地指使著我帶她去買東買西，並將金飾、物品還有祖傳的一塊翠玉墜子等十二大件，花了一個通宵，親自用紅包裝紙包妥，貼上金色囍字。不知那一頭標準的現代女性，我那位準嫂嫂，在拆這些禮物時，心裡會不會多少存一點感激和虔敬？想到這，我這做小姑的，數日來跟著她跑東跑西，又揣想母親那雖被拒絕但又不肯就此不去的為人母的心情，雖在辦喜事，卻始終感染不到一絲快樂的氣氛。

訂婚那天，不請自去的爸、媽和我，早早就捧著禮品到準親家的府上等候；反倒是早已搬出自住的新郎倌哥哥遲遲未到。我們整整在那尷尬的氣氛中等了將近一個小時，天下真是沒有這樣缺乏默契的訂婚禮了。整個場面是這樣金碧輝煌，一對新人堪稱郎才女貌，這是該被祝福的結合，然而，為什麼總覺得欠缺一些什麼。

而眼前的小貝兒，生在最貴的貴族醫院，有那樣知道享受優裕生活的母親，吃的是S－26奶粉，比起我們這些生在產婆手中，喝米湯和代乳粉長大的叔叔姑姑，應該是很幸福的。但小貝兒在醫院的那群初生兒中，卻是最難料理的一個。他不停地號哭，哭得那張「老頭臉」更皺更難看，護士說他哭是因割了包皮疼痛，但是育嬰室裡的男嬰，大都全割了包皮，人家怎麼不這樣哭？

「搞不好像他爸爸的脾氣，又暴躁又不穩定。」

大妹的話說中大家的心事，這麼多年來，受夠大哥那生氣像打雷、疾來狂起、所求不遂即摔東西的壞脾氣，真是令人不得不擔心。小貝兒也像他爸爸那樣，是兩代的寶，被寵應該是意料中的事。不過寵人愛人也需要足夠的母性，我倒懷疑愛自己甚於一切的嫂嫂，會像母親愛她的兒子般地愛小貝兒。似乎，我竟有點為小貝兒有這樣的母親而替他難過。

然而，不管難過或什麼情愫，其實都是多餘的。有了這個小姪兒，我才知道滿腔愛心被拒絕的感覺，就像追逐某件渴望的事件不果，卻一頭撞在石牆上，鼻青眼腫，還留下滿腔的憾恨。媽媽說：「姑疼姪，同字姓。」那是沒話說的親情。我們這頭熱絡絡的，卻被嫂嫂不疾不徐地一把給撞了回來，她說：「幼兒容易感染疾病，所以我不讓他接觸太多外人，也不打算抱他到處跑。我媽媽帶他最理想不過了。」

這番帶針帶刺冠冕堂皇的話，就在小貝兒和我們家之間畫了一道銀河，還讓我們這些姑叔們自覺像個帶菌者。我那能幹的嫂嫂，說起話來也像她的長相，長得漂亮，漂亮得犀利。哪像我們這些碰到爭執吵嘴的當口就氣結的人，就是有千般恨，一時也說不出口。

半年以後，久違的小貝兒終於又讓我們見了第二次面。那晚是除夕夜，距小貝兒出生的盛夏，整整半年之久。同樣住在台北，計程車也不過是四十三元的距離，我們這些叔叔姑姑們，不見姪子倒也罷了，但對第一次當祖父母的老人家，說起來未免有些殘酷，到底哥哥在幹什麼呢？娶了老婆倒真像是潑出去的水，半點做不了主。

好幾天前，爸爸就不斷打電話給哥哥，要他們回家吃年夜飯。如果爸爸不打電話，哥哥會不會到他丈人家「圍爐」守歲呢？爸爸一定也是沒把握，才要事先預約的吧？看兒子也罷，看孫子也罷，除夕團圓，都是很名正言順的「藉口」，想到兩代間的親子關係如此，不由得替父母寂寞起來。

大年除夕，早早地祭了祖，飯菜撤了又熱，一家子餓著肚子等兄嫂。好不容易到了近八點，才聽到汽車停在門口的聲音。大家都有點緊張，到底多了一個不願認同的家庭新成員，除夕夜會不會事事圓滿，為明年帶來好采頭？

跟著大哥跨進門來的嫂嫂，身上那件玫瑰豔紅的袍子也化不去臉上的那層霜，總是哥哥費盡口舌才拉得她一起回來的吧！我一面遞拖鞋，一面在心中學著媽媽方才自怨自艾的一句話：「唉，了然啊！」

六個多月大的小貝兒，被豎著抱在他爸爸的胸前，頭罩披風帽，手戴毛護套，白淨淨的臉上嵌著兩顆黑不見底的眼珠，乍看倒真像個出塞的公主。

披風拿下來的時候，孩子身上穿的是精製皮衣，看到媽媽在摸，嫂嫂在一旁不疾不徐，有意無意地說：「小貝兒的阿姨從美國寄來的，還給他寄了雙大皮鞋和一批玩具，等他大些才派得上用場。」此語一出媽媽馬上縮了手。相信媽那買了很久，等著要見小貝兒才獻寶的彩色立體夾頁恐龍和大坦克，都拿不出手了。

見到一大群人圍著他，小貝兒突然放聲大哭，哥哥馬上像寶似地將他摟在懷裡，又哄又拍的。嫂嫂說：「他怕生，你們不要圍過去嚇壞了他。」於是，爸媽和弟妹們便在一公尺外，又疼惜，又渴望，卻又唯恐嚇壞了小貝兒地遠遠張望著。媽媽說得好：「天下沒有不痴的父母。」也沒有不痴的祖父母啊！

飯菜豐盛，大夥兒又曲意要製造歡樂的氣氛，所以一席飯下來，倒也相當愉快。小貝兒已經可以吃些軟細的食物了，我們挾些精瘦的魚肉給他吃，他含在嘴裡品嘗一番，然後拍手讚許，又急吼吼地發出「嗚嗚」的叫聲，要求大人們再給第二口。小貝兒是逐漸在長大了，他開始接受人間煙火，也將開始嘗受人間的七情六欲和酸甜苦辣。這個可愛的孩子，這麼漂亮的娃娃，全身泛著粉紅色的光采，弟妹們管他叫「粉紅色嬰兒」；他的圓而曲線美好的頭，只有稀稀疏疏的少許頭髮，一張因長期俯睡而兩頰顯得稍瘦長的臉龐，那麼俊秀，大家又喊他「小和尚唐三藏」；胖胖圓圓的身子，不時將兩腿縮抬到肚子上面，更像個滾圓的丸子，因此弟妹又叫他「小肉丸」。嫂嫂在一旁忙說：「他大姨幫他取了個英文名字，叫艾力克，我們在家都這樣叫他。」媽媽大不以為然，說：「什麼艾力克，又不是奶粉牌子。我要叫他應唯仁，唯仁、唯仁，我的乖孫。」

我在心裡有點怪媽媽，應唯仁也罷，艾力克也罷，反正就是我們的小貝兒，何必在除夕夜和那女人爭這個？不過，在收拾碗筷的時候，看到嫂嫂蹺著二郎腿，大剌剌坐在沙發上看電視的情景，我和大妹在心裡不覺有氣。按風俗禮節，年夜菜應該是長媳婦主廚負責的，我們這些小姑們最多只是幫幫忙的性質，但今天的情況卻是一家人侍候她吃飯，飯前飯後，連禮貌的遜謝或象徵性的幫忙都沒有，還在妹妹和我動手收拾飯桌時，冒出莫名其妙的話：

「要收啊？我在家從來不沾這個，碗都沒洗過。」

我和妹妹對望一眼，實在也不知該回答她什麼。連碗都不洗的女人，難怪結婚第一年，哥哥必須三餐在外打游擊；也難怪生了小貝兒之後，她要連丈夫、孩子都搬到娘家去，獨撐門戶的主婦生活，並不是養尊處優可以幹得了的。哥哥一定後悔自己沒能賺足夠的錢吧？不知一向在家跋扈有如國王的他，在太太娘家住下來的感覺如何：大丈夫的「能屈能伸」，真是不可思議。

媽媽一向以少年得志的哥哥為榮，她眼裡只見他好，就有壞行為，也捨不得說他。這會兒碰到這事，孫子見不到，兒子也等於沒有，偶然也會忍不住當著我們的面念叨：

「又不是入贅，搬到她家去！」

有一回市場回來，居然哭著怨嘆自己命苦，原來市場賣肉的阿紡談起她那做五金的兒子如何孝順，訂婚的媳婦雖還沒過門，兒子卻要她下班後到家裡幫母親料理家務。

「人家娶媳婦是多個女兒，我是連兒子也不算兒子了。」

我也不知該怎麼安慰她才好。事實上，半年內大哥回來也不下三、四次，但每次都有火燒屁股的事，不是三點半短了頭寸要調現，就是有什麼燃眉之急要抓弟妹的公差，很少是單純回來看兩老的。每次一見了他面，媽媽就把那些看不到兒子和孫子的積怨一股腦兒忘掉，殷殷勤勤地把冰箱的、供桌上的食物全搬出來，催著哥哥吃呀吃的，直催到後者發了毛，大聲吼叫，才幽幽怨怨、委委屈屈地坐到一旁去。

我在一旁覺得奇怪，母親對兒子真是不會有死心的一天？那種愛真是亙古長存、切不斷、趕不走，也非可由自己控制的？是不是兒子也知道這一點，所以那樣有恃無恐，那樣予取予求！我覺得傷心，但也分不清自己為什麼、又為誰傷心？

妹妹們就會撇撇嘴，一肚皮不滿：

「她的寶！每次回家就像太上皇，伺候得什麼似的。那些捨不得給我們吃的東西，全留著等她的寶貝兒子。還好他現在難得回來，否則我們又得像從前一樣，三姊妹都成為他的下女、跑腿兼出氣筒。你看媽媽，誰領她的情嘛，人家生活得才好呢，根本和我們不同水平，媽的好東西，他可不稀罕！還要被不領情地吼！」

說的也是，嫂嫂雖然對哥哥事業投資的協助，採取有限度的保守政策——即借錢可以，但雖親如丈夫，支票和兩分四的利息，卻一樣也少不得。數目大時，一概不借；而且一張尚未兌現，絕不借第二筆。相反的，有進帳她倒是摸得一清二楚，而且奉行「你的就是我的，我的還是我的」的原則，總有那些名目和理由，把哥哥賺進來的錢納入私囊。這種慳吝和精明，在吃的、用的方面倒是不曾表現出來，相反的，很替哥哥撐面子，他們身上的東西全是那種打對折我也買不下手的名牌。

每次有求而來的哥哥，在目的達到之後，總是高高興興、匆匆忙忙地走了，他從不問那些錢是怎麼來的，或是如何辛苦輾轉地籌措，對他而言，那是媽媽或我們的事。我常想，他的自私，或許是自小被嬌寵養成的一種不自知或不以為錯的習慣，媽媽不知會不會想到這個，她常說那是他的個性。習以為常，往往也會形成「個性」的。

嫂嫂原來就不喜歡到家裡來，媽媽有時在背後數說多了，我也會不耐煩地說她：

「您也不能全怪她啊，實在是哥哥自己沒有原則，做不了主。男人如果立場站得穩，妻子又何敢逾越到什麼程度？如果他沒先看輕自己的家，她敢看輕我們嗎？」

這種心狠的話，往往把媽媽的臉說得黯淡下來。但是說也沒什麼用，天下哪有不痴迷的父母？

那一陣子，因為恨哥哥，幾乎也強迫自己把小貝兒忘掉。甚至故意用一種哀憐的心情去可惜小貝兒！在那種虛榮、不和睦、不體貼的雙親教養下的孩子，會有什麼好性格？最多也只是個漂亮的自私、驕傲的小孩而已。但，即使這樣想著，卻偶然還會浮起那張紅通通的小皺臉。

除夕夜，小貝兒和大夥混熟了，像接力賽的棒子似的，被從這個懷裡遞到那個懷裡，「咯咯咯」高興地笑著。六十歲的父親，讓他的長孫騎坐在雙肩上，從客廳到廚房，來回跑著逗他玩。我不斷地按下快門，拍下每一個人和小貝兒的合照，那樣貪婪地想要把過去空白的六個月補足，又那樣急迫地唯恐這段歡樂的時光稍縱即逝、或不再來。

曾有一刻，我以為那種屬於愛和家的溫馨，暖化了那美麗而寒冷的臉，我似乎拍下了她粲然如我們的一笑。

那個除夕的上半夜熱鬧而令人懷念，只除了因做黑手的大弟，工作服沒換，要親小貝兒時被嫂嫂拒絕的時候，使大家的笑容暫時凍結了數分鐘。

年夜飯吃過以後，小貝兒因玩得太累睡著了。急著要走的嫂嫂，被哥哥以「外面到處放鞭炮，會驚醒睡著的小貝兒」為理由給留了下來。

我們在二樓的公寓，只聽得鞭炮聲此起彼落，彷彿都在耳際。小貝兒有時驚顫一下，旋即又安靜地睡去。照相機的鏡頭，也和那麼多雙愛他的眼睛一樣，印下了他甜美睡容的各種角度。紅燭在堂前灼灼燃燒，金枝玉葉插滿一室美滿的「春」，一家人——如果嫂嫂也願意算的話——團圓和樂，儘管是跛扈分子的哥哥，在家，也是挺好的。想起他小時候帶我去搗蜂巢，然後自己先跑，害我被叮得滿頭滿臉的往事，現在竟也能莞爾地去回顧了。不長大多麼好，一家人在一起多麼好！然而，細胞成熟了就要分裂，生命在分娩或分解時，不都是美麗、痛苦而無可奈何的嗎？

懷著這樣溫暖的心思，我和妹妹在廚房清理碗盤。正像往日的許多時候，哥哥高談闊論，談他那其大如天的計畫，而爸媽正津津有味地聽著……永遠都是這個畫面，我們家最典型的鏡頭。我不覺搖搖頭，輕輕笑了，父母，哪有不痴的？

不知過了多久，突聽哥哥吼叫一聲，隨即是玻璃摔破的聲音，緊接著，小貝兒喧天價響地哭了開來！

那原先被歡樂漲滿的我的心房，像是被那些聲音撕了一個破洞，把滿滿的快樂放了出去。這一夜的平靜，這象徵來年幸福美滿的團圓，一下子都失去意義了。為什麼不能讓大家懷著希望去看明日呢？到底該恨他們哪一個?!

我濕著雙手站在那裡，看著嫂嫂在前，哥哥抱著小貝兒在後，怒氣沖沖地走了出去。

誰對誰錯都不必去問，也沒有任何不同。對我們家的每一個人而言，這已是一個破碎的除夕！多少年的傳統年俗了，除夕夜不能爭吵、不能摔壞東西，因為這個晚上的團圓美好，能帶來整年的和樂歡愛。

我站在微駝的父親身後，看著散濺一地的碎玻璃屑，不知要從何收拾。

開著的大門吹進一陣冷風。小貝兒的哭聲，落在除夕夜的鞭炮聲裡，很快地隱去。

六十七、八年之交，建築業一片好景，以一張能說會道的嘴和善於分析判斷的眼光，而在建築業闖出了知名度的哥哥，憑著任職過幾家大型建築公司的高級幹部和經營顧問的經驗，籌了數十萬元，也經營起代銷行業了。

景氣固然很好，建築業仍是一面倒的賣方市場，然而代銷公司每案公開動輒兩、三百萬元廣告費，而且必須付現的行規，對於現鈔不多的哥哥來講，應該是很頭痛的負擔。不過，哥哥連續在天母、松江路、車站附近賣了幾個好案子，大多在半個月之內就締造了九成以上的銷售成績，並不見他有周轉上的困難。有時，他的聰明和冒險精神也令人暗自驚佩，就猶如讓人為他捏一把汗般地同樣深刻難忘。

銷售成功，公司擴大，相對的，調頭寸的次數也減少，而人，就更難得回來了。

因公開的案子太多而被調去幫忙的大妹，時常多嘴長舌地帶回他們的消息，又是嫂嫂訂了一戶四十五坪的大房子，雙併式電梯大廈，兩年後交屋，和名歌星鳳飛飛是鄰居；又是哥哥招待全公司員工，中午在天廚、晚上在芷園吃飯，每次宴開都在三桌之譜；要不然就是美麗的嫂嫂，每天穿戴不同的衣服，雍容華貴地到工地打轉，名牌和舶來，越來越有貴婦的架勢；長春路的個案公開兩個禮拜，賣了八成半，還有一些客戶正在追蹤中，第一期銷售獎金先發兩個月；嫂嫂娘家，她已出嫁的妹妹家，同時添了錄影機；小貝兒有幾次被帶去公司，已經會走路，也知道說幾個單字了……

這些消息，除了有關小貝兒的，還能帶給爸媽幾許笑臉之外，大概都是讓人很不是味道的。後來我只好鄭重警告大妹，叫她別再回家「報憂」，至此，由大哥那兒飄來的陰雲，才暫時薄淡了一些。但，爸媽顯然老了，爸的話說得更少，媽則早晚禮佛更勤，乾脆吃起長齋來。

小貝兒一歲五個月的時候，我和妹妹們在離家僅一街之隔的，哥哥的友人家見到。那天原是媽媽生日，兩老念著小貝兒，我破例打電話給哥哥，請他帶小貝兒回來。哥哥在電話中表示了無可奈何，因為那天他應邀到友人家吃飯，友人家離我們家很近，「要看小貝兒，去那兒好了。」

我穿好衣服，因生氣而全身發抖。這一年來，爸媽多少次拿著我在除夕夜為小貝兒拍的照片仔細端詳，那情景令人看得難過。帶孩子回來，對兩老只是施點小惠，何以這般吝嗇？何況只是一街之隔而已。我在心裡打定主意；今天一定要帶小貝兒回來。

那也是個豪門之家，門開處，只見小貝兒包著尿布，翹著屁股，兩隻手向上稍彎，以保持平穩，那姿勢像極了漫畫裡的唐老鴨，滑稽突梯地繞著客廳來回走。

嫂嫂狀甚悠閒地坐在一隅，玄關有一雙鏤空的豔麗金拖鞋，顯然是她的。妹妹悄聲說：「那種拖鞋只有委託行才買得到，至少要兩千元，不蓋妳。」我低低罵她：「多管閒事。」

我半跪在地板上注視著小貝兒，小貝兒則用陌生的眼光打量著我們，也難怪，上回看到他時，只有六個月大。大妹在公司和工地抱過他幾回，所以她趨近時，小貝兒露出了似曾相識的表情。一歲多的孩子，已看得出像他父親的眼眉、鼻子，和他母親薄而娟秀的嘴形，長狹的頭臉和白細的肌膚。以男孩子的標準看他，這孩子太漂亮，也太秀氣了，我這做姑姑的，忍不住就用苛刻的眼光品評他，我真寧願他長得「實用」些。

但，他的確是可愛的，軟軟香香而又精力充沛，用他那特殊的姿勢，不斷在客廳跌跌撞撞地走來走去。那家人養著一頭乾淨的長毛大白狗，懶懶地蹲伏在客廳角落上，小貝兒不知怎的，老對著牠衝過去，那狗也不吠不吵，只是慢條斯理地站起來避了開去，另找地方坐下，等待小貝兒另一次的衝刺。如此一次又一次地重複，竟好像在和小貝兒廝玩。狗兒對小貝兒無限寬諒、耐性十足，或許，在牠眼中，他僅是另一種討人喜歡的小動物罷了；而小貝兒，大概是第一次碰到這麼個玩不厭的可愛大玩具吧，兩個寂寞的個體，在一起度過了一個很有趣的下午。當時小貝兒還不會說很多話，他只有高興得用高而長的尖叫表達他的興奮。

臨走前，我突然改變主意，沒有對哥嫂們提出要帶小貝兒回去的要求。不錯，這麼可愛的孩子，我們這樣愛他，但是，他有更愛他的父母，那才是他最需要的。對小貝兒或大哥而言，我們的過分關切或愛，都會引來一些無謂的干擾或副作用，或許，最好的辦法是遠遠地站開，給他們祝福吧！任何多餘的建議，都可能在兄嫂多事的婚姻上，引起爭執的火苗。而爸媽也該在垂老的心靈上學習去接受這個事實。愛，有時是很殘酷的，但時間卻是很好的金創藥，有一天，我們因愛而受的傷損都會痊癒的。

然而，走回家的路上，我心裡仍充塞了隱然的，但卻遮天蓋地的寂寞，不知為誰，那條街，走了好久好久……

六十八年底，吵鬧了數年的兄嫂又因家務事起了爭執，她娘家的父母為女兒出頭而和哥哥破裂，結果後者搬出了她的娘家。

搬出來的哥哥，另外租了層辦公室，自己一個人住在辦公室的大套房裡。少了爭執的對象，沒有繁繁雜雜的三姑六婆和泰山泰水，一時似乎清靜不少。他索性把頭理成三分平頭，倒有要好好踏實苦幹一番的氣象。

他投資興建的一批郊外公寓，工程進行了三分之二，雖然全部都已賣出，但得款都被嫂嫂拿去，所以這會兒需要的工程費用，仍須到處周轉。偶然他回家來，顯見比以前瘦損許多，自己動手洗的衣服縐癟地穿在身上，因飲食無常而發青的臉，使他不復有當年丰采。想起去年他身穿瑞士真絲進口襯衫，腳著義大利墨綠漆皮鞋子，神采奕奕，真令人不勝滄桑之感。第一次，我覺得哥哥已然步入中年，心中居然流著暖暖的兄妹之情。

數月之後，不知經過怎樣的折騰、斡旋，嫂嫂終於帶著小貝兒回去和哥哥住在一塊。我們雖然不贊成她，但卻為他們能重新保全一個家而高興。白天小貝兒被送去幼稚園小班，直到黃昏嫂嫂下班，才再帶回公司的臨時住宅。哥哥為他在公司陽台上養了一頭小土狗，小貝兒管牠叫「汪汪」，對之鍾愛異常，把自己愛吃的巧克力和蛋糕分給牠吃。每個晚上睡前都要經過一番哭鬧折騰，因為他要和「汪汪」一起睡覺。沒有玩伴和兄弟姊妹，媽媽又是下班後只看閉路電視的金枝玉葉，「汪汪」無疑是最寶貴的夥伴。可惜，後來「汪汪」因只靠小貝兒有一陣沒一陣的巧克力和少許蛋糕果腹，不久就奄奄一息。沒工夫照管狗的哥哥，不得已將牠轉送給別人。小貝兒有天回家看不到唯一的玩伴，前前後後找遍，連著哭嚷了數天。如果他能照顧牠，牠就可以留下；但這個三歲孩子，連自己都不曾被好好照顧，又拿什麼去保有他的玩伴？

我聽大妹轉述這事，盡量顯得無動於衷，雖然媽媽一直在旁念著「可憐的孩子」，我也不發一語。小貝兒好像注定了要比一般孩子少些什麼，會是快樂或幸福嗎？我不願去細想。但，我卻擔心，這樣的雙親，一定會給他的生命帶來一些什麼，那將是難以彌補且終身難卸的。

哥哥的事業，隨著建築業黃金時期的結束，開始急遽地走了下坡，加上被連續倒了好幾個近百萬元的會，一向長袖善舞的他，一下子竟非常困窘起來。在許多次為金錢爭執之後，嫂嫂又帶著小貝兒回娘家去，並揚言堅持離婚。算算他們復合只不過兩個多月的時間。沒有錢，究竟留不住嫂嫂的，不知有一天她是否能學會撇開金錢去愛人、去愛生活？

在他們鬧得風風雨雨的時候，我結了婚，婚前婚後忙亂一陣，等安定下來，在那段婚姻適應期中，我試著用較超然的眼光，多方面地看哥哥的婚姻。如果他們兩人有一方不是那樣自幼嬌寵而不懂體恤，或許他們的婚姻不會失敗；如果嫂嫂不那樣追求舒適的生活，一切以金錢為重的話，或許他們之間不致演變到如今；如果哥哥本身平穩踏實，並能盡量導引自己的妻子向平實的路上走，或許不會如此；如果嫂嫂婚後不曾搬回娘家，她娘家人也能不介入小兩口的婚姻；或是，哥哥在婚姻的原則上能堅持；抑或是，哥哥的事業一直保持飛黃騰達，能不斷供給優裕的生活……但，這些「或是」和「也許」又有什麼用呢？婚姻的學費，有時昂貴得不是我們付得起的。

家裡對於他們婚姻的看法，分成兩派，爸爸與我是採取任其自主的態度，兩個人的婚姻，兩個人自己去解決；母親曾接過嫂嫂父親打來興師問罪的電話，對她已由積怨而成忍無可忍；大妹還太年輕，尚不知曲諒的重要，而且看多了嫂嫂平日奢靡驕縱的行為，堅決贊成離婚。

離婚，但小貝兒呢？想到那被大人決定命運的小貝兒，大家心裡都蒙上一層陰霾。

這種分居狀態僵持了好幾個月。五月杪，我終於在哥哥數度努力失敗之後，在家人公推下硬著頭皮，和大妹親上嫂嫂娘家去。

嫂嫂關在房裡拒絕出來。我們坐在那寬敞豪華的大廳裡，靜聽她母親數說哥哥的千萬不是：小貝兒學步太慢，是因為他爸爸太蹩腳了，供不起鋪地毯的寬敞房子；別人家女兒嫁的金龜婿，兩三年換一部新車，嫂嫂上班，卻因老叫不到計程車而受氣；別人做生意一帆風順，為什麼哥哥「兵敗如山倒」？最後，她竟問了我一句：

「如今妳也結婚了，如果妳丈夫這樣，妳會怎樣？」

聽了她一大段以「錢」為標準的怨言，又接受用這樣的口吻，拿我的婚姻作比譬，實在令人極端不快；不過想到自己今日乃是為化解干戈戾氣而來，豈能不忍？

「婚姻搞不好，兩個人都有責任。親家母，我哥哥固然有錯，但如果只是一個人不好，而且不好的地方不是因為他不努力做，而是因他沒有能力做。那麼，他們的婚姻不該鬧到今天這個地步。我們兩家人，要嘛不管，要嘛就得勸他們倆往寬處去想、去做，這樣也許還有和好的希望。如果一個勁幫著指罵對方，只怕會增加當事人的火氣。我今天來，是覺得哥哥嫂嫂的婚姻，並沒有壞到要離婚的程度，既不是有外遇，而且還有孩子，何況兩個人又是戀愛結婚的……」

「戀愛？我女兒瞎了眼才會嫁給他。當初，多少追求的人都有洋房汽車，其中一個留美博士，還特地為她回台灣兩趟；當初是看你哥哥年輕，人才也不錯，哪曉得……隨便嫁給哪一個，今天都不會這樣受苦。」

「當初怎樣的話，現在多講又有什麼用？到底也是嫂嫂自己選擇的。現在，婚也結了，孩子也快懂事了，老是這樣僵持，不改善怎麼行？」

「改善？怎麼改善？問妳哥哥啊，倒來問我！」

「改善?!誰跟他改善？我要離婚！」

嫂嫂不知何時打開房門走出來，氣勢洶洶地對著我們叫。一個小影子，從她裙邊擠了出來，怯怯地看著大人。

看到小貝兒，我的氣不由不壓下來，口氣也就只得軟化：「嫂嫂，離了婚小貝兒怎麼辦？」

「小貝兒當然歸我帶，以後反正我也不生了。妳又不是不知道，他現在不但沒有收入，還負債累累，根本養不起小貝兒。」嫂嫂在我對面蹺起二郎腿：「來，小貝兒，跟著媽咪，以後長大要學醫，當醫生賺很多錢給媽咪，對不對？」

小貝兒似懂非懂，憨憨地點點頭。也許因被關在房裡太久，一下子自由了，便掙著跑開去玩他的機器人和大ㄅㄨㄅㄨ。

「我姊姊在美國，我們現在正在辦手續，將來準備把小貝兒帶到美國。」

「孩子不是妳一個人的，嫂嫂。」

「我生的！」她氣虎虎地說：「法院也會判給我，因為妳哥哥現在沒收入，只有負債。」

我想她一定看過「克拉瑪對克拉瑪」那部電影，又是半個只學到權利沒學會付出的現代女性。

「嫂嫂，雖然妳是他的母親，也不能因為你們大人的爭執而害了孩子。小貝兒在這麼小的年紀就失去父愛，不是太可憐了嗎？如果他大到足夠了解事情，他一定不會喜歡這樣。」

「就是因為他太可憐，有這種不成材的父親，因為他太小了，不懂事，所以我才要為他的前途好好安排。我是他的母親，雖然當初不小心懷了他，但既然生了，我當然要好好為他計畫。妳放心好了，他是我的兒子，天下哪有不愛兒子的母親？也許，我可以為他找一個更好、更負責的父親。」

「哥哥也在努力，人不能保險一輩子都不摔觔斗，男人失敗了，才更需要妻子諒解和支持。嫂嫂……」

「我支持他太多了！妳的婚姻又不是模範婚姻，來管別人家閒事，未免太自不量力了。我是離婚離定了，回去叫妳哥哥來跟我談贍養費的事。」

我沒想到嫂嫂會跟我提贍養費的事，因為家裡知道她曾用哥哥賺來的錢，買了一江街那價值四百餘萬的房子，其他細軟值錢的東西，更不在話下；而目前哥哥的債務只在三百五十萬左右，如果她肯把房子頂出去，那麼哥哥還債足足有餘。我不知道她怎麼好意思向我開口提錢，一個念頭閃了進來：哥哥今天這個處境，他的老婆難道不是「使由之、令致之」的人？

我悻悻然地站起來，卻提不起勇氣邁開步子，唯恐這一離開，就造成永難彌補的憾恨。到現在為止，我仍無法了解嫂嫂那美麗的腦袋究竟在想些什麼？她既然要再婚，那麼爭孩子幹嘛？她真的以為，這樣對孩子好嗎？孩子帶到美國，就比這兒更幸福嗎？只是因為錢的關係，她居然會那麼氣哥哥，甚至不惜離婚……身處漩渦的人，真是看不清自己處境的。而婚姻的事，到了破鏡邊緣，局外人實在也無能為力了。

在沒有禮貌相送的狀況下，很尷尬地離開她的娘家。我站在門邊，回望那裝潢得富麗堂皇的房子裡對坐的兩個不快樂的母女；又看向那兀自寂寞戲耍的孩子——小貝兒，呵，小貝兒，你真是生來就寂寞的啊！

去過嫂嫂的娘家之後，我也一反勸合不勸離的心腸，和哥哥討論到嫂嫂贍養費的問題。

哥哥淡淡地說：

「我要有錢給贍養費，她還會和我鬧離婚嗎？我們的婚姻，說穿了只是一個錢字。為錢結，為錢離。當初她見我年紀輕、公司體面、生財有道，才會那麼積極要結婚。如今事業又沒垮掉，只要她肯拿出過去攢聚的私房錢幫我度過難關，將來不愁不會有輝煌的時候，這個女人精明透頂，可惜就是太短視了。」

「那，現在怎麼辦？總不能這樣拖著。」

「就是只能拖著。我現在沒錢也沒心情、更沒工夫管她。先求生存，才有談判的條件，等有錢再說吧，反正也只有錢才能解決。」

一向糊塗的哥哥，這下子倒像又清楚起來了，我衷心地希望，他能一反過去，拿出魄力整理一下身邊的事情。

不景氣的狀況持續著，哥哥本來預期的房屋貸款也因法令更改而貸不出來，原先計畫中的周轉金這下子又泡湯了。在經濟低迷聲中，他不斷地絞腦汁苦思求變，又不斷地和朋友磋商討論，先後嘗試過許多新的經營和小本投資。然而，外面是不景氣的大風暴襲擊著大環境，裡面又是資金短絀，家運不濟，一時似乎沒有好轉的希望，許多大型建設公司，紛紛傳出現金周轉困難的消息，哥哥那原本就帶幾分冒險性的公司，其困難更不用說了。

已為人婦的我，在和丈夫胼手胝足的奮鬥過程中，也曾經歷過嚴重的不協調，又遭遇投資失敗、巨額負債的慘狀，好不容易在風雨飄搖的婚姻危機中，重新體認互諒互助互愛的婚姻真諦。為此，我更不相信，夫妻有因單純的金錢關係而破裂的。那麼，哥哥的婚姻，究竟是怎麼回事？

那一陣子，我在松江路上班，距小貝兒的幼稚園只有三、四分鐘的步程。我常帶點一個下午吃得完的小點心去看他，一日日的，逐漸混得很熟。有時真怕去撞上嫂嫂，也怕買東西給小貝兒讓她知道。但嫂嫂顯然只送他上下學而已；小貝兒雖然很會說成串成串稀奇古怪、令人噴飯的可愛話語，但似乎不曾告訴他母親我去看他的事。這個孩子，和我有血緣關係的小姪子，我多麼希望自己能給他父母未曾給他的東西。這些日子的相處，看出他需要，而且喜歡這樣的關愛和相伴。每次我去，他都會遠遠一路喊著姑姑，飛奔而來。只是蹲著，伸出雙臂迎接他，就足夠讓人快樂得醉倒，更不用說聽他那童音甜甜地說：「我最愛姑姑」了。

像往常一樣，仍然是中午時間，趁著他還沒睡午覺之前，趕到幼稚園去。小貝兒正在小班教室裡，抱著他那小鹿斑比的枕頭。我在窗口喊他，他回頭過來，臉上先閃出欣喜的表情，繼而又突然黯淡下來，抿著嘴巴，低下頭去。

我走進教室，蹲在他面前，伸手拉他，他突然把身體往後縮，躲了開去。我柔聲問他：「小貝兒怎麼了？挨老師罵，還是和小朋友吵架？來，告訴姑姑！」

「姑姑是壞人！」他抬起頭，眼睛漾著晶瑩的淚珠：「媽媽說，不要和姑姑說話，不要和姑姑玩，姑姑是壞人！」

我蹲在那裡，被那孩子的話嚇住了！天啊，她竟然對孩子說那種話，灌輸那種仇恨的思想，這孩子才四歲不滿啊！

我看著小貝兒受驚而懊惱的臉，他一壁抽抽答答哭了起來，一壁委委屈屈，猶疑不定地用淚眼看我。我突然覺得全身像虛脫一樣，無力站起身子。眼前的小貝兒，小小的可憐身子，瘦而單薄的雙肩，承擔的卻是大人加給他的無情而殘酷的十字架，沉重而不可搬卸，絕非我這姑姑能替他拿開的。

我看著他，想要將他的影子牢牢地、深深地印入眼裡，刻入心中。然而，那一向鮮明可愛的小臉蛋，卻是那樣模模糊糊的看不真切……

紅塵劫

红塵劫

1.

攝影室前一片沸騰。

黎欣欣好不容易從萬頭鑽動中擠了過去，順口問了站在人堆外圍探頭探腦的新來的劉念台：

「誰呵，這麼轟動？」

劉念台靦腆一笑，含糊地說：

「不知是誰，在拍內衣廣告，聽說幾乎是全裸的。」

黎欣欣「啊」了一聲，捧著手上那疊重死人的調查文件扭頭就走。幾乎全裸又怎樣？充其量只有少數工作人員，能藉修正模特兒姿勢之便乘勢混水摸魚一下罷了。真不曉得這些男人趨之若鶩為哪樁？同樣是胴體，這年頭，名氣大的女人自然稀罕一點；不過，稍有名氣的影歌星，誰願意拍這種廣告？星路漫漫，還不是那些不成氣候的小星星才走捷徑，抄近路。

走到自己辦公桌，放下文件，趕緊喝一口茶。大熱天，在台北市各大樓間出沒，真夠折磨人：頂著大太陽，荼毒的熱；坐在計程車裡列隊龜行，急得更熱；由冷氣間裡猛然冒出來，冷不防一團火，更足以炙死人。

合上杯蓋，顧不得喘口氣，黎欣欣便急忙到媒體處去，抓著媒體的人便說：

「陳課長，TAA的報紙版面到底有沒有把握？我在客戶面前滿口答應，絕不能再像電視那樣，掉檔掉得那麼厲害，這樣下去，這個客戶可保不住。」

陳課長兩眼一翻，不疾不徐地將她頂了回去：

「叫他搭配不肯，只排熱門節目，如何上得了？如今電視台可抖得很，會買他的帳才怪。所以你們AE最不識時務，一味要幫客戶省錢，不肯跟媒體合作，落得兩頭不是人。」

「你也幫客戶想想，景氣不好，生意難做，上一次大報，搭配一次冷門報；上一檔熱門節目，搭配五、六檔冷門節目，預算平白增加好幾倍，也太過分了吧？」

「很簡單，可以不做。」

黎欣欣臉一拉，冷冷地說：

「陳課長，咱們是先禮後兵，明講在前。TAA雖不算A級客戶，但卻是戰略性客戶，足以代表本公司的企畫能力。現在就情報所知，已有另兩家廣告公司在密切接觸，萬一換季時，我們突然被撤掉，你可擔待得起?!我當AE的，已經盡其在我，媒體處不肯配合，我們孤掌難鳴，只好在業務協調會議上拿出來檢討。」

「妳拿帽子壓我，也沒辦法。」陳課長雖仍嘴硬，聲音卻顯然壓低不少：「媒體擠，人人知道。」

黎欣欣一笑，把聲音放軟：

「TAA方面，也作了讓步，三台的外製節目，我們都捧場各排兩檔，您陳課長的面子多少總要打點一下嘛，那麼，星期五第三版的全三稿，就拜託你了。」

不等陳課長答話，黎欣欣擰身就走。兩人各自在暗裡狠狠啐對方一口。沒辦法，自家公司搶版面、擠檔次，也是弱肉強食、狠者為王。手上掌握了幾家大客戶，又善於呼風喚雨，軟硬兼施，黎欣欣在華廣雖只三兩年，卻是重金挖角過來，竄得快，爬得高，人人看好的黑馬。因此談判起來，多一分理直氣壯的條件。

回座把八月分的媒體預定表又看了一遍，桌上的對講機響了起來。

「業二處。」

「黎處長，拜託妳到攝影室來一下。」業一處處長王仁和的聲音透著焦急：「汪平平全身要打粉底，妳來幫個忙。」

同是處長，王仁和年資要比她老許多。B牌女性內衣是他剛開發進來的客戶，比稿時好像就是用一系列半裸的性感畫面打垮其他廣告公司的。

「叫老葉他們吧，攝影室裡不是擠了一窩人？」

「全是粗手粗腳的大男人，她要女的幫她抹粉底。」

「算了吧！」黎欣欣心情惡劣，順口就說：「平常被男人碰慣了，今天要換口味？」

對方在話筒裡頓了一下，顯然沒料到她會這樣說話，半晌才說：

「還是拜託妳撥個空，只要半小時。妳看得多，化妝技術又好，公司內沒人比得上，拜託拜託，這事很急，汪平平有點不耐煩。其他事，我們再談。」

黎欣欣當然了解他所謂「其他事」的意思。大報廣告版面有限，她處裡客戶性質較偏向於使用印刷媒體，因此，有時必須向王仁和商借版面，否則預算既會漏失，對客戶也交代不過去。調版面對AE而言，可是天大的情面。

黎欣欣無可奈何，不情不願地走向攝影室。她最恨伺候那些不成氣候的小星星，銀幕形象一回事，私底下幾乎個個都趾高氣揚，以為高人一等，自己好好一個憑本事闖天下的職業婦女，犯不著去供那種人差遣。在華廣，她屬於鷹派，為了業績一向六親不認，但王仁和這傢伙屬於「公關派」，也頗有實力。兩人先後升任處長，將來角逐本部經理，還不知鹿死誰手，因此，雖在競爭中，表面上彼此都多少還擔待一些。

推開人群，用力拍打攝影室的門。門自裡拉開一條縫，看清是她，很快半開將她迎進，又很快關上。黎欣欣站在攝影燈光下，為這煞有介事的舉動覺得啼笑皆非。燈影中，幾個大漢三三兩兩站著。焦點處，汪平平用毛巾遮住前胸，下身穿著白色鏤空花三角褲，斜斜坐在地毯上。

王仁和很快開口：

「黎小姐，這是汪平平小姐。」轉頭又對汪平平說：「黎小姐來為妳上粉底。」

汪平平睨著她，不以為然地說：

「美容師嗎？」

王仁和尷尬地趕緊解釋：

「不，她是我們公司業務二處的主管，黎處長。」

「喔！」汪平平拉長聲音，坐了起來，說：「快開始吧，晚上還要錄影，我不能耗太久。」

王仁和將水粉餅遞給黎欣欣，滿懷歉意：

「麻煩妳了，一時找不到人幫忙，幾個相熟的化妝師，全跟影片公司出外景去了。」

黎欣欣向汪平平走去，平著聲音說：

「給我一小桶水。」

設計師梁大山用洗筆缸盛了半缸水給她，她將海綿沾水，用手擰乾，塗上水粉餅，開始抹汪平平的前胸。

「把毛巾拿開，我好上粉。」

「幹嘛呀？胸部又不拍，等下我會用手橫過來擋住。」

「我知道，」黎欣欣捺著性子：「全身都要上粉，打上光拍起來膚色才均勻。」

「他們都在，怎麼塗？」

黎欣欣抬起頭看著王仁和。後者擺了下手勢，說：

「我們退後點，看不到。」

黎欣欣將汪平平的手挪開，飛快地為她前胸上水粉餅。皮膚粗糙，人倒是豐滿，反正鏡頭前皮膚粗細看不真切，撩人處自有丘壑。怪不得氣質欠佳，仍然選用了汪平平。

「唉喲，痛死我了，妳輕一點嘛，妳！」

汪平平格開黎欣欣的手，兩眼狠狠白了她兩下。

黎欣欣不理她，抹到肚臍眼上端，才抬起眼皮對汪平平說：

「把褲子拉下點，免得沾汙了。」

汪平平慢吞吞把褲腰往下褪了點。肚臍下一條深褐色的紋像蛇般盤據在腹部中央。黎欣欣一言不發，用力多沾了一層粉，往腹紋抹去。水沾粉很快乾掉，紋路仍清晰可見，黎欣欣又沾上一層粉，往方才抹過的地方再抹。

「怎麼搞的，動作這麼慢？」汪平平尖著聲音嚷了起來：「上回我拍瑪司泳裝，人家請了名化妝師，又快又好。」

黎欣欣猛地一站起，把海綿往地上丟，開口對王仁和說話，聲音剛夠全攝影室的人聽到：「為什麼不找上次拍機車廣告的李莉？名氣大又和氣，皮膚細得很，肚子上也沒有遮不去的生產紋，不上粉照樣搶鏡頭。」

「妳說什麼？」

黎欣欣不理她，逕自走向出口。王仁和搶前一步，攔著黎欣欣低聲下氣：

「黎處長，別和她一般見識，委屈妳把工作做完吧！」

「她可沒那個格，讓我放著自己的工作來伺候，又聽憑她擺莫名其妙的臭架子。王處長，如果時間來得及，我勸你另外找人，她肚子上的生產紋十層粉也遮不去，你拍的可是最講究『性趣』的產品，拍出生產紋，要叫男男女女倒盡胃口？」黎欣欣盡量壓著怒氣和聲音：「模特兒的形象能塑造產品風格，B牌內衣主要消費層是少女，找汪平平太風塵味了。當然，這是你處裡的事，我只是略進忠言而已。」

王仁和苦著臉，悄聲解釋：

「遠洋邱經理和她打得火熱，指定要她拍。沒辦法。」

「廣告效果不好，他擔待得了？將來倒楣的還不是廣告公司？」

「唉。」

見王仁和一臉無可奈何，想到他本來就靠公共關係起家，黎欣欣遂緩了口氣：

「這樣吧，我幫你找完稿組的女孩子來幫她上粉。」

「可以嗎？她們會不會化妝？」

「談不上化妝，只要會抹牆壁就行。」黎欣欣刻薄地又加上一句：

「其實，說穿了她也不忌諱男人，何必假惺惺？梁大師就可以在她身上上色彩，還費事找什麼美容師？」

摔了攝影室的門出來，中央空調的冷氣還撲不熄胸中那團火。轉進設計室，一眼就望見章偉站在插畫組丁小玉的桌前，半彎著腰不知在磨菇什麼。

黎欣欣將臉一扭，視若無睹地走近完稿組，對組長說：

「芳芳，找一位會用水粉餅的小姐，到攝影室幫王仁和的忙，他們在拍B牌內衣。」

芳芳頭一抬，黎欣欣用手拍拍她的肩，不等她回答，反身就走，根本不給討價還價。平常待她們好，這會兒總該賣她黎欣欣的帳吧！

一團糟。今天真不是她的日子。連她的鐵客戶TAA都有了怨言，下個月預算平白被削減七十萬。一連串的倒楣事，正事沒做半樁。

轉出設計室，章偉在樓梯間攔住她：

「黎，晚上等我。」

她平著臉，連腳步也不停，說：

「你不累呀，這樣趕場？」

她從他身邊走過，一步步拾級而下。

第一次發現他泡上新來的丁小玉，先是震驚，繼之既怒又羞，雖然一再提醒自己，卻仍不得不拿她和自己比；而本來只是聊慰寂寞的章偉，這會兒竟自然而然地坐在她腦海裡的磅秤上，被認真地思索起所有的好與壞。

章偉比她小兩歲，大學考了兩次，加上服役，初進華廣，從小AE幹起，而她已是呼風喚雨、全公司女性職員職位最高的業務處長。

兩個處在一起辦公，日常忙起來，呼來喝去的，彼此動向多少有些了解；線路忙時，總機又愛將兩處人的電話交錯著接，有許多次，章偉隔著走道，兩道目光直勾勾透過鏡片望住她：

「黎處長，加東製藥來的電話。」

她喜歡人做事伶伶俐俐的，從接電話就知道細不細心。而細心，正是幹AE最起碼的條件。除了這，章偉還有一股叫人不討厭的殷勤。

常常，焦頭爛額的一日過去，如果沒有工作或應酬，她愛將靠背椅一旋，把辦公室的一切置諸腦後，面向大馬路，看住隔著透明玻璃的台北落日和街景，一手執菸，一手無目的地在靠把上敲擊。

辦公室在第十層，高樓下望，暮色中，但見遠遠近近，亮起燈光。一日奔波，叫人由不得想起一家人團圓在飯桌前的光景。

辦公室裡的人三三兩兩陸續在離去。冷眼觀察，總有一對對還沒進入情況的小兒女在角落裡廝纏。她喜歡那種景象，雖然自己早已無夢。

「黎處長還不走？」

她抬頭，從玻璃照影中看到章偉的身像，頭也沒回，說：

「要走了。你怎麼還沒走？」

「剛剛去何田工業，有新機種上市，討論新產品發表會的細節。」

章偉拉過椅子，自自然然坐到她近旁，兩個人一起望向窗外。

「燈光反射，都看不清了。」

黎欣欣一笑：

「反正也不看什麼。」

靜默了一下，章偉突然說：

「我還沒進公司前，就聽過黎處長的大名，說是廣告界最傑出的女

ＡＥ。」

黎欣欣臉色一懍，很快又恢復正常，幽默地說：

「你忘了傳話的全是廣告人，能不廣告一下？」

兩人都笑起來。

「可是，傳聞也不過分，我自己親眼見識了。」

「見識什麼？」黎欣欣站起來，懶懶地問：「潑辣？手腕？還是……」

「能力。」他嚴肅地說：「做為一個傑出ＡＥ，應該具備的能力。」

「任何人幹上六、七年，只要用心，絕不止於這樣。」

章偉沒答腔，推開座椅，跟著站了起來。

「回去吧。我也該走了。」

黎欣欣像對孩子般說著，動手去清桌面。

兩人一起下電梯，在大樓出口，章偉遲疑地說：

「這麼晚了，我送妳回去。」

黎欣欣搖搖頭：

「我住的地方，走路十分鐘就到。」

她向他揮揮手，頭也沒回，故意將自己沒入人潮中，連背影也不讓他觀望。

星星之火。

多年來，她已學會乾淨俐落地處理這種微波盪漾的溫柔事件。一剎那的迷惑、一剎那的放縱、一剎那的旖旎，換得的，將是漫無止境的等待、驚疑和寂寞，豈可輕易重蹈覆轍！

章偉，她冷冷一笑，憑他那一點點道行，就想向她逗弄？

情場裡翻滾過三兩回，誰不滑溜似蛇？尤其是她，職位使她多一層保護色，也使她養成一份警覺。

但去莫復問。讓周圍的人都是永不相交的平行線。

夜來，她坐在軟被溫床看閒書。錄音帶淡淡唱著「玫瑰是紅的」，茶几上煮了一杯濃咖啡。

這樣的日子，有什麼不好？

老歌不知何時唱完，錄音帶「咔嚓」一跳，她猛地一驚，很自然就伸手去翻過另一面，俏俏皮皮的「檸檬樹」，無端叫人一陣心煩。

小說的世界，如何會是真實的人生？她把書一拋，就勢一躺，狠狠就做了兩下仰臥起坐，到第三下，不知怎的，消了一身氣力，只想無所事事地躺著，就這樣躺到第N個明天。

這樣的日子，又怎能算好？

「走在雨中」異乎尋常高亢激越的起音，聽著叫人心驚。自己如何會喜歡這一類歌曲，還不厭其煩地拿去讓唱片行錄成一卷？

伸手按掉錄音帶，靜靜蹌伏在棉被中。難得的，今夜台北沒有雨，卻彷彿老聽到雨聲，在耳際淅瀝，一滴一滴，直落到心盤上去。

2.

一直過不穩夜間的時光。早些年剛進廣告界，應酬、加班，總有那股勁，經常耗到半夜三更才回到住處。第二天，照舊八點半打卡上班；照舊精神奕奕地奔波折衝。「家」，充其量只是小憩的地方，尤其隻身住在台北，更是來去自如。那時候，縱令沒有閒閒適適的自處時光，卻也不至於有需要費心去「排遣」的煩惱，究竟是年輕呢？還是尚未落到情慾裡去翻騰，來來去去，掩不住的瀟灑？

若不是在長廣發生那件事，日子也許還不會這樣韜光隱晦。對她而言，生活不應該有退縮和讓步，甚至折扣講價都不允許，她有自己的藍圖，小時候，她就學會不去在乎別人的觀感。自己的日子，誰能幫你過？

考進長廣，做的是管理部的行政工作，偶然打打字、整理資料，發現廣告實務工作相當有趣，尋個機會，就跑去找業務常經理要求調差。

「女孩子跑業務很累的，既要看客戶臉色，又有業績壓力。管理部的工作很穩當，有人還求之不可得。」常經理看著她：「妳知道ＡＥ做什麼工作嗎？並不是妳看到的成天打哈哈、應酬、跑跑腿而已，他負責客戶產品的全盤銷售計畫，包括如何上市、如何定價、用什麼包裝、以什麼姿態出現市場、如何和競爭品牌競爭，甚至還得幫客戶決定產品要賣多少錢、賣給誰、怎麼賣等等，這是很繁重、很吃力的工作。」

黎欣欣點點頭：

「我願意從助理ＡＥ幹起。」

常經理躊躇地說：

「我從來不用女ＡＥ。我不信任女人的工作態度和工作能力。這樣吧，我幫妳向企畫部林經理推薦看看……」

「我不做企畫部的工作。」黎欣欣堅定地說：「撰文不是我的專長，如果去企畫部，還是只能做行政工作。」

「公司還沒有這種先例，從管理部調到業務部，而且是女孩子。」

「經理不妨破個例，我絕不會讓您失望。」

「這很不尋常……」

「廣告工作本來就不是尋常想法能做的。」

常經理看著她，露出笑容：

「ＡＥ倒是需要這種說大人則藐之的氣魄和信心。」

「謝謝經理。」黎欣欣嫣然一笑，不露痕跡地更進一步為自己爭取：

「我可以跑蜜牌化妝品，在學校我讀的是外文，說寫都可以應付。」

常經理沉思了會，說：

「可是，妳只能從助理ＡＥ幹起，到底廣告實務妳仍陌生，職位不能一下子就超越原來的ＡＥ，否則會引起不平衡的情緒。這一點，妳要委屈。」

黎欣欣坦然地說：

「這算什麼委屈？月初我才考上英商公司，薪水高出這裡三千，我也放棄了。」

「那，妳是不是再重新考慮？廣告工作怕會讓妳失望。」

她一幹就是八年。天生不是乖乖坐辦公室、搞庶務的料；廣告ＡＥ幹得像樣，本身就是焦點。呼風喚雨、出類拔萃，她愛煞了那種在群眾前表演的日子。這個舞台真叫人迷醉。

一切都照她的計畫進行。只有一件事，在她的計畫之外，幾乎使她一跤下去，萬劫不復。

那年春天，她得到情報，知道Ｎ航準備換廣告公司，尋了好幾層關係，好不容易爭取到比稿的機會，而日子只剩五天，又要擬企畫路線、定位、分析同業廣告優劣、撰寫文案、做黑白稿、安排國內外媒體的預算，還得準備整份英文企畫書及當天簡報一切巨細事情。

公司相當支持，調了企畫部最強的幾位高手支援企畫和稿件製作；而身為ＡＥ，除了主持企畫會議、撰寫企畫書，還得全場盯到尾，她幾乎天天都過午夜才離開公司。

比稿前一天，她的直屬上司唐兆民破例留到很晚。工作結束，請所有工作人員吃過晚飯已將近十一點，企畫部的工作到此為止，剩下來就是ＡＥ的總整理和英文企畫書的校正及複印、裝訂了。

黎欣欣千恩萬謝送走企畫部同仁，待在簡報室，面對一桌的文稿和畫稿，只想舒舒服服泡個澡，安穩睡一個晚上。

唐兆民坐在她對面，一會兒拿起報紙稿，一會兒又審視文案，最後索性執著企畫書逐頁翻閱。

黎欣欣一心想早點收工，便對他說：

「好不容易定案，明早頭腦清楚，我還會再校正一次。」

「國外媒體也詳細列出預算了？」

「是，跟D‧J‧公司拿了海外媒體資料，相當詳細，也相當周全。實際的媒體刊出日期和版面大小，要等真正比到稿後再做安排。」

唐兆民對她一笑：

「比得到嗎？」

黎欣欣直視著他：

「完全沒把握的事我不做，絕對有把握的話，我也不敢說。」

「外交辭令。」

「事實也如此。」

「真拿到N航的話，全年預算總在六百萬之譜，妳非升不可。」

黎欣欣淡然一笑：

「我一升，自然就把唐課長往上擠，更高升。」

唐兆民燈光下一張臉柔和起來：

「說實在的，我沒見過工作這麼拚的女孩子。可是，我們能不能不談工作？如果撇開工作，相信妳一定更加迷人。」

黎欣欣只覺頭昏，連著幾夜加班，睡眠缺得厲害。她看著唐兆民臉龐外一圈光影，暈陶陶直逼人腦門。她乾著嗓門，說：

「唐課長……」

「黎欣欣，難道我沒有名字？」

平日的伶牙俐齒到底還在，她忽然反問一句，企圖使氣氛輕鬆起來：

「名字是我叫的？」

「我要妳叫。」

他的聲音含著一種類似撒嬌孩子的蠻橫，無端叫人心動，她水汪著一雙眼，細細端詳起隔著會議桌的男人。平日裡，除了工作，彼此沒有任何交情，如何就在這莫名其妙的晚上和她糾纏起來？晚飯時是喝過兩杯紹興，但唐兆民的酒量在公司號稱無敵，何至於失態？

她不禁追索起平日和唐兆民相處的種種，他待她不錯，但相信是基於她對部門的貢獻；記憶中，不記得他曾對自己有過絲毫的額外青睞。而自己呢？偶然迷醉過他的丰采，冷不防心動一下，但那全是一剎那的事。怎麼能和辦公室裡的男同事有瓜葛？除非自己準備放棄這份工作。

「妳過來。」

他的手伸在桌面上，一派專橫。

「你醉了。」氣氛融人，她仍堅持。

「我知道自己要什麼，這一點再清醒不過。」

他說完，起身繞過會議桌，逼近她。

黎欣欣無力地說：

「這是辦公室。」

「除了我倆，再沒有別人。」

「唐課長——」

「欣欣，」他攫住她，說：「現在，我只是個男人，而妳只是單純的女人，知道嗎？」

她一定是醉了。在他那樣廝磨著她時，他們像兩隻千爪萬足的章魚，拒拒迎迎，糾纏得連自己也迷糊懵然。她逃不開，也未必真心要逃，只覺得陷身的漩渦裡，洶濤駭浪，翻騰得人痴迷昏沉。

唐兆民的魅力不是假的，一挑一弄，都叫人難以招架。古龍水混著男人體味，狂野裡夾雜細膩的動作，撥弄得黎欣欣難以喘氣。

「這是——辦公室——」

「怕什麼，這是我們的事。」

醉了，或者是累了，黎欣欣但覺排山倒海，一浪接著一浪，橫了心，只管收受。

一場夢做得昏天黑地。兩年來，為了被肯定而繃得過緊的弦，一旦扯斷，無邊無際，無由去追索繩頭；而連續五、六天的忙碌緊張，一旦鬆懈，直墜入黑甜甜的深坑，任心中那聲音千呼萬喚也喚不醒。

迷糊中，彷彿聽到人聲嘈雜，又彷彿置身一團火裡，燠悶難當。她張開眼，看到好幾張臉孔向下瞠視著她。回過神來，不覺心一驚，發現自己枕著人家的臂，睡在唐兆民懷裡。

出於下意識，她順手推醒唐兆民，旋即從地毯上坐起。很自然地看了下腕錶，八點前一刻。難道，自己竟和唐兆民在簡報室裡這樣睡了一夜？

昨夜的事飛快閃過腦際，面對團團圍住的一群人，饒是力持鎮定，還是不由得紅著一張臉。

「昨夜加了一個晚上班？」一向早到的主任祕書張老頭，不知是要幫她解圍，還是故意坍她台，問了一句叫人難以回答的話。

唐兆民似乎全然清醒了，機警地回說：

「N航今天比稿，我們連著加了幾天班，累壞了，昨天又加到三更半夜，索性睡在公司……」

「快收拾了吧。」張主祕不等他說完，很權威地說：「馬上就八點半，讓全公司都知道可不好看。」

黎欣欣埋著頭整理桌上資料，第一次沒有在遭到攻擊時回嘴。圍觀的人在張主祕催促下陸續離去，連唐兆民也悄無聲息地走開。

黎欣欣只覺頭如千斤重，兩泡淚掛在眼角，咬著牙不讓它往下掉。拚著命撐持了近兩年，築起像模像樣的牆，卻被自己一時失誤給砸毀。一向睡覺滿警覺，昨夜怎會沉睡不醒，直到招惹來那麼多人。而且是以這樣不可思議的醜態！

N航的說明會十時舉行。也不過是半個小時光景，黎欣欣重新整理好情緒，照舊抖擻平靜地走進辦公室。傳言如火漫開，她就這樣裝聾作啞，一聲不吭地在火裡煎熬，眼看著三三兩兩交頭接耳，第一次覺得身為焦點竟是這般焦灼難受。

她拿起對講機，撥給設計部：

「李主任，我們九點半出發，請您通知企畫部支援一個人。」

簡報圖表、報紙稿、企畫書、媒體預算表，一一點算清楚，明知常經理在一旁欲言又止，她就不肯給他一個機會，拿了修訂過的企畫書，自己去複印。

說明會準十點開始。面對中外人士不下十餘個人，站在富麗堂皇的N航大會議室中，黎欣欣挑起萬丈豪情，操著漂亮的英語，從市場現狀、國民出入境數目、營業預估、同業廣告量品質分析到N航的廣告企畫精神、廣告表現，作了完整而清晰的報告，接著又回答了N航人員提出的問題，然後才解釋預算分配和媒體安排。

N航的人針對預算分配，自家人熱烈地討論起來。

黎欣欣鬆一口氣，坐在椅上冷眼看自己一手導演的局面。她就喜歡這種翻雲覆雨的成就感，就像坐在山頂，一切天翻地覆的紛冗全在腳下。既有這種君臨天下的盛世，誰在乎那些枝枝節節、瑣瑣碎碎的其他？

從N航出來是十一點半。若在平時，她會大大方方打道回府，蒙頭大睡。但今天不同，她不能示弱，到底那是她的私生活，她不能為私生活的失誤就顯得像過街老鼠。公司內多的是生活荒唐而工作又不得力的人，既然沒人去動他們，誰又會招惹到她？畢竟自己跑蜜牌化妝品，跑愛司牌消毒水都一把罩；而且N航廣告給長廣代理，看今天說明會的情況希望甚濃。放眼公司，誰能頂替她？

廣告公司最現實，算算投資和報酬，用她黎欣欣一個人，真是大大划算。她相信她的主管和經營者完全清楚。躲，再怎麼，都不該是她要做的。

一進辦公室，還沒坐定，對講機就響起，方祕書甜甜的嗓音傳來：「黎小姐，總經理有請。」

敲開總經理室的門，方祕書對她露出一張曖昧的笑臉，往裡伸手一指。

騷貨！充其量，只是總經理的「下午點心」和男同事的「公共廁所」罷了，居然敢對我扮那閒言閒語的嘴臉，黎欣欣敢做敢當，卻也比妳乾淨多了。

她推開第二道門，眼光落在總經理油亮亮的禿頭上。很好！常經理頂著一副世界末日的表情坐在裡邊，原來他們早已守候著她了。

黎欣欣拉開椅子，無畏地坐了下去，平視著總經理。

「我聽常經理說，早上發生了那件事，妳也太不小心了。」

她沒說話，但覺他責備得對，自己確實不夠小心。

「這種事真是醜聞，破天荒第一遭。你們為什麼不到外面去？」

她從羞赧中抬起頭，低沉，但卻明確清晰地說：

「我們在加班，我已連續加了五天班，五天沒好好睡覺。」

「那，為什麼不回去睡？」

「工作做不完，總經理，N航比稿，今天輪到我們做說明會。我是為了業績在拚……」

「我知道妳拚，但那有什麼用？女孩子能幹到底有限度，名節才重要。」

「我不覺得這有失名節。」

一直沒開口的常經理忽然大聲叱責：

「哎呀，妳怎麼這樣說？無恥之恥，才是真無恥！黎小姐，我為妳的話難過！妳怎麼會這樣說？我們本來打算從輕發落，給妳自新機會。這樣一來，我就不敢向總經理求情了。」

黎欣欣不理他，逕自面對總經理，說：

「今天的事，我是失態。但我確是為了公事在拚命。而且，我一向也不和公司同事亂搞男女關係。這只是一件很單純的偶發事件，我覺得應該被原諒。」

「就是因為妳平常的表現，我才頭痛。」

「N航比稿，希望很大。不講功勞，最少以後的AE工作，非我莫屬。」

「但是，公司的道德紀律怎麼辦?!廣告圈人多嘴雜，我不願圈子裡把長廣當作笑柄。」

「如果這也算了不得的笑柄的話，長廣就有太多不得了的笑柄可以讓廣告圈說了。」

「黎小姐，這不是強辯嘴硬的時候。」總經理臉一變，冷冷地反問：「妳難道不覺得，繼續留在長廣，自己會太難過？」

黎欣欣冷眼瞅視眼前這專吃窩邊草的獨裁者，一時熱血澎湃，激憤中只問：

「唐兆民呢？」

總經理不說話，拿眼瞧常經理。後者吞了一口口水，說：

「我們也會懲戒他。」

「怎麼懲戒？」

「那不是妳能過問的。」

「在這次事件中，我們的錯誤相同，我有權利知道懲罰是否公平。」

「妳太——」

總經理打斷常經理，平和但卻冷絕：

「黎小姐，公司這樣處理，經過很慎重的考慮。事實上我們做這個決定，也是基於愛護妳的立場。閒言可怕，越傳越盛，妳留下來永遠抬不起頭。為了讓大家不再公開談論，所以留下唐兆民。都是同事，有他在，大家會忌諱點；而且這種事，吃虧的本來就是女性。」

她站起來，明白這已是鐵定的事，再也不用多費唇舌，遂連保持風度的努力也不作，昂然推門出去，直趨電梯，甚至辦公室也不進，留下兩年來一桌子的文件。

3

事件後，她蟄伏了兩個半月，倒不是傷心自己成了讓人笑話的笑柄，而是痛心兩年的存在和努力，竟輕微得禁不起小指一彈，連讓人稍加考慮的價值也沒有。和唐兆民一比，她可是太居下風了。一向，她不是覺得自己舉足輕重，國外處缺她不行？一向，她不是以為自己炙手可熱，挾業績以干公司，無人可以杯葛？

想不到他們竟不等N航比稿結果，當天就打發了她；更想不到，他們連蜜牌化妝品的交接都不做，放放心心就讓她一走了之。難道，她黎欣欣如此容易取代？這兩年的成績如此不堪一擊？

休息的兩個半月中，她幾乎足不出戶；許是平日太過尖銳，居然連半個同事也沒探頭。那也罷了，她本來就少和人成朋結黨。問題是唐兆民，那晚以後，他似乎就完全從這世界上消失。整個事件，只有她黎欣欣是唯一的犧牲者。不知怎的，她一直想起為女王蜂授精後鞠躬盡瘁的雄蜂。

也想過行囊一收，乾脆回南部家鄉去，安安分分地教書終老。可是，叫人怎能放手呢？這份工作就像有癮頭一樣，一沾手甩不掉，一涉足就陷溺。常常，見到自己苦心思維、策畫、奔走的東西，在報紙上以大篇幅具體出現，或在電視畫面上，活靈活現地展演，也許只是三十秒工夫，但那是自己辛苦數月孕育出來的架構，其欣喜和成就感有如懷胎十月臨盆的那一剎！尤其，廣告做得進入情況，很順利便會參與到客戶的業務層面，包括未上市的產品計畫，其中涵蓋：成分、香味、形狀、顏色、包裝、價格、命名等要項。另外，還得擬定協助產品上市，短兵相接的銷售計畫，包括鋪貨、擺設、促銷、廣告、銷售路線、展示等等，直接和客戶並肩作戰，身繫這個有著自己血汗與智慧的商品命脈，看著它被認識、被談論、被試用、被接受，乃至進入千千萬萬消費大眾的生活之中。這種工作，能不教人著迷，又怎能說放就放，毫無留戀！

第三個月，偶然得知N航正式在下半年將廣告撥給長廣做，她有一種吐血的痛感。剛巧太廣透過關係要找個懂外交、有經驗的AE，幾乎沒有要求薪水或任何條件，她就答應月初上班。

去太廣接人家遺缺，客戶是一家美國藥廠、一家世界級洗劑廠、一家瑞士錶廠的進口商。才三個月，她就將客戶摸得爛熟，大大小小的事情，對方電話一來，指名找她；預算雖沒顯著增加多少，參與的層面卻加大，人人都看得出，在國內一向任人頤指氣使的廣告公司，這會兒居然大不相同，和客戶平起平坐了。

不過半年，她就升任課長。天生是和男人角逐的材料，秀氣溫雅的長相，卻包著一顆雄心壯志，野心高張，有時難免迸出形體之外，顯得她犀利狠辣，比男人更有擔當；也因此，雖沒有女性朋友，卻也不曾遭遇男同事的明顯杯葛，強者服眾，到底是不易的事實。

生活忙碌緊湊，她正向自己的目標節節推進，表面上，唐兆民事件已自她的記憶剔除，她自己不想，也沒人對她提，久而久之，到底是否發生過這麼一件事，似乎也模糊起來。

太廣第三年，她已是三個業務主管之一，業績穩定成長，屬下士氣高昂；客戶信服，公司倚重，披荊斬棘的歲月逐漸遙遠。

她忽然向公司提起要爭取N航廣告。

「有任何線嗎？」經理狐疑地問她。

「沒有。但有三成希望。」她考慮一下，終於坦然相告：「三年前長廣比稿，是我一手策畫。」

三年後第一次重提傷心事，黎欣欣倒是口氣淡然。經理入這行甚久，不管知不知道那件事，他很上道地避而不問，只說：

「既然這樣，不妨一試。只有一個原則，初期不要投資太多人力、物力和時間。記住，廣告公司的人和時間，就是成本。」

有了承諾，黎欣欣積極布置。她拿出三年來長廣發過的每一張稿和播過的每一支廣告影片所拍下來的系列照片，開始分析其廣告路線的偏差和媒體運用的失當之處，然後進一步指出同行的廣告優點，最後提出她自己對N航廣告的一套構想。

幫她整理的小陳望著洋洋灑灑的一疊舊稿和企畫建議書，不禁咋舌：

「黎處長，N航的資料，妳怎麼收得這麼齊全？三年耶，真不可思議。」

她一笑置之。那是她心裡的一場滑鐵盧，有朝一日，終要洗雪，只是，這一等，竟是長長的三年罷了。

誰能了解三年養精蓄銳，睜著含淚的眼，看過多少不眠的夜！

等一切籌畫就緒，她擬妥一式五份的英文信，分寄N航有關人員，說明她對歷年N航廣告有另一番看法，請求約見；最後，再直接去電給N航台北辦事處經理，要求安排時間。

三年的白雲蒼狗，在變化多端的廣告界，更形同兩極世界。不知怎的，黎欣欣竟有股莫名的勇氣和自信，重敲N航大門。

從接觸到被允許提出建議書，足足耗掉十一個星期。N航接受她，起初是三年前的印象，加上她的鍥而不捨；等看了建議書，他們全被她的用心之深和用力之苦給感動了。接下來的工作被肯定，簡直順理成章。誰能不信任這種廣告人？

然而，N航廣告代理權的轉換，卻仍是半年以後的另一個年度。黎欣欣認為可以等待，在此之前，她等過五倍於此的時間。

公司內其他同事，完全不能體會她的成就感。由於外交和航線、航次等問題，N航預算已縮減到只有三年前的三分之一，算起來，在太廣也排不上中級客戶，所以，搶到手，對於黎欣欣以外的太廣的任何人，根本無關痛癢。

然而，黎欣欣內心的澎湃，等閒究竟不可測知。經過這許多年的歷練，她非常忠實於自己的社會角色，誰比她更痛切明白，「無所動心」在廣告舞台上的絕對必要性！

電話鈴響了兩響，黎欣欣中斷她和處裡AE的談話，拿起話筒自報姓名：

「黎欣欣。」

「黎欣欣！事情過了這麼久，妳又何必睚眥必報？」

她有一剎那的沉默。一股電流貫穿她周身，這個人，這個聲音！好不容易，她才鎮定下來，對著話筒，像當著人面般，冷冷地掃了過去：

「你不配的，唐兆民。」

放下話筒，她若無其事地拾起話頭，冷靜地和自己屬下ＡＥ繼續討論。

等打發了眼前的人，誰也沒說，她獨自下樓到附近蜜蜂咖啡店叫了杯咖啡，直愣愣坐上半天，對著發色玻璃，只覺得自己像要沉到谷底。

爭什麼？爭得回什麼？爭到底也不過落得敵影幢幢，一個人更孤絕冷寂。就在這一剎，她忽然莫名所以地記起一句隔八輩子遠的詩句：「雨是我未乾的淚水」，模模糊糊，只覺眼前一片濕。

有什麼，真是自己的？生根立足，誰也拔不掉！

盼了三年，唐兆民來的電話竟是指責。但是，若不是這個，她又能期待什麼？感情？或係敘舊？強出頭，卻發現時時刻刻，全活在人家的陰影裡。

這就叫勝利？為什麼滋味這樣苦澀？業績又怎樣？主任又怎樣？結結

實實的數目、活靈活現的稱呼，其實也只是一個「空」字。她連伏在一個人肩胛上，細細哭泣的福分也沒有。

她老早看清這個吃人的行業。即使胸無大志、自甘當花瓶，也隨時有被換掉的可能；男人食指大動，更難保不被捏弄，到那時，依恃什麼去談判？要立足，無論男女，只有使自己成為強者，身上連一處弱點也暴露不得；在這種環境下，又怎能叫單闖獨鬥的女人，不滿身刺蝟地戒備！

這幾年，自己的所作所為，當真可惡到令人切齒的地步？她精明、她厲害，但她也憑本事努力，可不曾踩著人家脊背往上爬，憑什麼要被前前後後攻訐？說起來，有些男人器量真夠狹隘，心態上根本不曾把女人當作可以平起平坐，一樣公平較量的角色；等而下之之輩，在狎弄之餘，還要使點手段叫妳吃不了兜著走。她可沒有以德報怨的雅量。以牙還牙，失之刻薄，但未嘗不理直氣壯。

唐兆民啊唐兆民，當日那種情況，你既能橫了心，不言不語、不理不睬，今日又怎不能靜了心，也體會一下當年她的嘔！

問題是自己，既然抱著還以顏色的決心，也將它付諸實現了，又何必在乎對方的反應？難道還能要求他溫言款語、再敘前緣？

近下班時，她重新進辦公室，桌上有好幾張電話留言條，處裡的「香香果」等她開企畫會議、副總經理找她……。她終於明白，原來這就是她的生活，躲不掉的。

接手N航，也不過三五個月便因斷航而失去這客戶。一年幾百萬，業績未必受什麼影響，只是她似乎多少覺悟，究竟也不是凡事都由得了自己。成功的人，或許都是努力的；而努力的，卻未必都會成功。用這樣來注解人生的無奈，多少也爭得一分平靜。

那年秋天，她風風光光地跳槽到華廣，把愛司牌消毒水當作過門的嫁妝，帶到新公司去。沒兩個月，她在新的年度企畫表裡，突破了愛司牌消毒水的消費瓶頸，以擴大用途教育消費者，使愛司牌消毒水從單純婦女生理期間消毒用劑，擴展到洗頭止癢、全家洗澡等場合使用。另外，又構想了普及各大醫院的推銷方案，增加專業用量。

結果，客戶照案實施，包括提出的預算。

下一年，合該她走運，愛司牌消毒水銷量大增，雖未必是廣告的必然關係，但事情一順，大家與有榮焉，黎欣欣順理成章就升任業務二處處長，成為掌握華廣命脈的兩大之一，而王仁和是上了四十的老廣告人，相形之下，她就格外耀眼起來。

約莫就是那陣子，章偉進了華廣。有了那個年紀，卻少那份歷練，拙拙的，看人也不懂將直勾勾的眼光收一收，初時還叫人設點距離，時間一長，他不溫不火、耐性十足，加上是這行的新手，職業上的新鮮人，倒讓人忽略了在單純的男女關係上，他也是個旗鼓相當的對手。

黎欣欣有下班後留守在辦公室的習慣，不幹什麼，只是單純的冥想，反正回去也是一個人守著斗室的冷寂，空間小，壓得人更喘不過氣，還不若留在辦公室，透過玻璃，讓思緒跟著車水馬龍去遨遊。

章偉陪她的次數漸多，又往往能不露痕跡地逐步撤去她的堤防。到最後，讓他送回住處，變成日課，因為他天天都理所當然的「順路」。

初冬，一整日下著或大或小的雨。兩人從萬家燈火走到半黑的長巷，誰也沒刻意去躲雨。許是天冷，叫人有挨挨擠擠的想望，心裡一團火，嘴上就沒法有層次地講話；黎欣欣隱約意識到那股暗流，因此到了住處樓下，眼也沒抬，低低說了聲「再見」便轉身進去。

「欣欣。」

她停住腳，遲疑著沒轉身。

只一下，自己的手被從風衣口袋中拉出，握在另一雙大手裡。身子就勢被他一旋，章偉整個人，就像小山般，挺在她面前。從沒一刻像此時般，讓她覺得章偉如此大、如此堅牢、令人無法穿越和突破。

她仰起臉，接住了冷冷的雨，也接住了鏡片後章偉熱灼灼的目光。

「雨大了。」她說。

他將她拉近，幾乎就要貼在胸前，她還堅持著用手肘擋在兩個身體之間。

章偉伸手摘下眼鏡，塞到夾克口袋裡。一下子，兩隻深深的眼睛下視著她，極黑極黑的深淵，像要把人的靈魂都攝去。

「我的頭髮濕了。」她說。

章偉低下頭，兩片唇觸上她的額頭。她先是感到一陣冰涼，繼之卻是燙人的灼熱，不斷在她額前、鼻頭逡巡遊走。

她應該是清醒的，居然還知道他的長髮搔著她臉蛋一片癢，還知道他嘴裡的菸味兵臨城下，就在鼻前了還知道他長出來的小小鬍樁觸著她的五官，似痛不痛……

「你濕了。」她說。

章偉讓她的手離開胸前、掛到他的脖子上去。緊緊地，緊緊地，抓住她的身體在他身上揉摩。

她讓他吻著，一忽兒又讓他落空；再讓他吮住，又讓他錯過……

「我……好冷。」她說，周身輕輕一顫。

「上去好嗎？」章偉在她耳邊說。

「不！」

「我們都濕了。」

「不——」

「我不能這樣回去。妳忍心嗎？」

她拿鑰匙開門時，他緊緊挾持著她。兩個人把木門在身後密密關住，樓梯間五燭光的燈泡暖暖地照著合而為一的身影，一層樓，似乎走了半個晚上。

那以後，章偉配了她住處的鑰匙。

冬夜漫長，總嫌住處的白牆特別蕭索，有個人，在眼前晃來晃去，勝似獨對一屋子的靜物。

然而，即令有些喜悅、有份溫馨、有腔熱情，在公司裡她依然和章偉保持慣有的距離，更不許章偉在人前對她有任何親暱的舉動。

「妳不是一向敢作敢為？戀愛是正當的事，為什麼要躲躲閃閃？」

「公司裡最忌諱以私害公，我不要人家說閒話。」

「我們又不同單位，談不上以私害公。」

「你不曉得，人言可畏，八竿子打不著的事，也會牽連到干係。」

章偉在燈下看她，帶著解剖刀似的研究表情：

「妳是處長，怕我這小ＡＥ辱沒了妳，是不是？」

「什麼時候，你學了這種不上路的思考方式？」

章偉兩手交疊胸前，不理她的否認，一逕說：

「妳的價值觀要修正。老實說，廣告公司的職位根本是空的，別說處長，就是幹到副總經理，照樣沒什麼用。失去一家客戶，或者在派系中傾軋中敗北了，隨時有被撤換的可能。妳怎麼看不開呢？在這行待了七、八年，難道看得還不夠透徹？趙孟之所貴，趙孟能賤之，《四書》上這樣說的，對不對？很有道理，妳自己想想。」

「你怎麼了，不是告訴你不關職位的事。」

「何必強辯？承認了也無損妳什麼。反正妳就是妳，有血有淚的肉身，難免也有弱點。我可清楚得很，從不盲目美化。」

「好吧，既然我有這些弱點，你為什麼找我？」

「起先是好奇吧，瞧妳在公司內不可一世的樣子，就想嘗嘗征服妳的味道。我十六歲就泡妞，十多年來從沒斷過女人三個月以上。我要的、我想的，不費什麼力就能到手。可是，那麼多紀錄，卻沒有一個和妳相同的。」

「結果，還不是一樣？」她坐在床上，半自嘲半諷刺地睨著他。

「那要看從什麼角度評斷。」他走過來，彎下身子面對著她的臉：

「咱們面對現實討論一下，妳怕和我在一起，有損妳的盛名吧？」

黎欣欣別開頭，說：

「私事犯不著公開渲染，難道你不同意？」

章偉站開去，倚著梳妝台，深深點頭：

「妳的意思我明白。」

說著回身去套毛衣，穿牛仔褲。黎欣欣看半天，就是不肯軟下口氣留他。

章偉穿好衣裳，重新又面對她，說：

「妳想怎麼看待這份交往，隨妳便。但是，我應該告訴妳，章偉不會永遠只是個小ＡＥ，別忘記了，我入這行才一年。」

他走到門口，又回頭說：

「欣欣，妳追求什麼？妳在追的只是虛榮的光影，那不是真的生命。」

她啞著聲音反問：

「什麼才是真的生命？對我來講，工作就是生命。好吧，講得實際一點，工作就是生活，你也不能否認吧？」

「就算工作就是生活，妳一輩子只要這種生活嗎？沒有什麼能和它並存？聽清楚，我是說並存，不是叫妳選擇。」

「你不了解。」

「那麼──妳也不了解。」

她看著章偉開門出去。恍惚中只覺盈耳的風聲雨聲。

4

那以後，公司裡出出進進總覺不對勁，章偉是她心虛的一個疙瘩。他甩著長髮的披頭晃來晃去，照舊高興時拍著大腿，高聲笑得人心煩；照舊隔著走廊叫「黎處長，電話」，照舊揚著聲音喊「嚏」……不同的只是，下班後他再也不會拖把椅子坐到她身邊去了。

走那十分鐘的回程路，忽前忽後跟著自己的影子，頓覺台北冬天的淒風苦雨格外侵人。

回到住處，把章偉聽的錄音帶丟到壁櫥的死角去。摸著那些卡帶，彷彿就看到那人抖著腿、搖頭晃腦的樣子。弄不懂一個三十出頭的人，還死迷湯姆瓊斯一類叫囂的歌，他就不能表現得成熟點？而和她談感情，卻居然一副有擔當的樣子，到底叫人去信哪一面？如果要交這樣的男朋友，何至於咬牙熬這些年頭？早在若干年前，她就可以一味只做單單純純的「女人」了。

屋裡逡巡一周，總共也只留下幾件換洗衣褲、半包長壽菸。到底，還不到要她銘心刻骨、睹物思情的程度。

然而，總覺得少點什麼，這樣那樣的不對勁，卻偏又說不具體、弄不真切。

舊曆年前幾天，忙著往客戶家送禮。走回長巷，特別有歲暮天寒的凋零感。

街燈下，章偉長長的身子站著。這個人，連站都不認真站，一副玩世不恭的賴皮相。

黎欣欣走過去，不遠不近地站定。

「我來還鑰匙。」

他拎著一串兩支鑰匙，伸到她眼前。

她搶過來，順手拋到排水溝去，一言不發就往前走。

他伸手握住她右臂，用力過猛，掃落了她手上一疊資料文件。兩個人同時瞪著黏在泥地裡的紙張。

到這時候，她再也禁不住一泡淚熱熱地流了下來。犯得著這樣折辱她嗎？來時來、去時去，她一句惡言也沒說，這個章偉，犯得著在這黑天黑地裡折騰她！

男人彎下身子去撿拾汙黑了的文件。模糊中，她看著他彎成圓弧狀的背脊，想到自己莫名其妙背負下來的孽債，忍不住，更加抽噎起來。

憑什麼，他憑什麼再走到她面前來？並且用這天殺的態度！憑什麼，她得忍受這種委屈？

章偉將文件揣在左腋下，也不管那一片汙泥，然後伸過右手來攬她的肩。她整個人跳起來，像觸電般格開他的手，大聲迸心裂肺地喊了一個「不」字，然後踉踉蹌蹌地往前走。

章偉跟在身後，不說話，但卻亦步亦趨。

到了門口，黎欣欣翻遍皮包，就是找不到鑰匙。

「我來找。」

「不要！你走開！」

她用手背拭淚，越拭越亂，索性將頭靠在大門上，放聲哭了起來。

章偉扶著她的肩，用力扳過她的身體。她一揚手，出盡了全力打在他臉上。

「啪」的一聲，兩人一下子都傻在那裡。

淚眼中，只瞧見章偉扶著鏡框，不慍不火地俯視著她。

章偉一言不發，拉過她皮包，三兩下一翻攪，就揀出了一串鑰匙。開了門，將她半推半拉地往裡送。她抗拒著、遷延著，還是貼著那人的胸懷，一步步被擁上樓梯。

進了屋子，暖暖的燈點在壁角，哪個開關哪個燈，他到底還記得清清楚楚。黎欣欣半伏坐在床上；這會兒，要哭，太累；要罵，無從罵起；要吵，沒那份情緒。尷尷尬尬的，她只有靜靜伏在那裡，不知怎麼打破僵局。

靜寂中，只聽窸窸窣窣一片聲音。黎欣欣抬起頭，見章偉正用濕巾在擦拭那一張張沾了泥水的文件。他專注地擦著，好像全世界只這一件事值得他費心。這是個怎樣的、可以叫人恨得咬斷牙的男人呵！

黎欣欣坐到梳妝台前去看自己。倦容顯老，歲月從不留情，第一次，她很敏感地覺到年紀的壓力。

有個人，懂得妳好，知道妳累，摸得透妳心裡那疙疙瘩瘩，若非造化，哪兒尋找？為什麼不就將就了？

問題就在那「將就」上。年輕時，若是願意，不見得就碰不到這樣的一個人：照樣知道妳、照樣疼惜妳，還愛得更年輕火熱。何至於走了七、八年，仍要回頭去撿從前剛起步的那些石頭？

她是參不透了。

一頭栽在這水深火熱裡煎熬，誰能搭救？

伸手拿過冷霜，開蓋挖了一撮，點在額前、頰上，漫不經心地從眼尾、嘴角和鬢邊一路按摩過去。

拭淨了臉，拿著浴巾和睡衣進浴室。章偉仍在那裡清文件。她不理他，這是她的住處，他只是偶然借放的擺設而已，她仍然要用自己的方式過生活。

她拿著蓬蓬頭對臉沖，熱熱的、辣辣的，後來又幾乎是麻木無感的。一身的濕，對著鏡中的自己看，分明是玲瓏有致的女人，分明是命該有激情起落的女人，她憑什麼一味要去違背！

裹著浴巾出來，章偉就站在浴室門口，沒等她轉什麼念頭，他就連抱帶推，將她重新擁回浴室。

他的濕衣裳機伶伶叫她打了個顫，浴巾在搓揉裡卸下掉落。她幾乎是羞辱地抗拒著，怎能在這種情況下言和，由著他來去自如？

而夜如此深，浴室裡的氤氳薰得人迷糊。她不懂，隔著距離看那麼多缺點的男人，黏在身上怎會掀起翻天覆地如此的激情！

那以後，她由著章偉，愛來則來。屋子裡的鑰匙，卻再也不肯重配一串給他。吵了一次，把問題翻到表面上看，充其量也只是多煩心而已，解決不了。第一次，她用鴕鳥的方式處理切身的事，終於確知也有理智解決不了的事。

章偉不再為她應酬喝酒的事，動輒拿到表面上生氣，她也不為他其他的行止多費唇舌。有時他貿貿然來，在街燈下等了半夜，才見她由人護送著回來，薄醉帶嬌，由不得人心頭火起。黑著臉對她冷嘲熱諷，她卻不理不睬。夜色早闌而回頭路遠，章偉捺著性子跟她進屋裡去，燈下熟透的那張臉、那個似睨不睨的眼神，就有本事叫他在咬牙切齒中無可奈何。

然而，既有激情，又哪能一心不亂地守著邊際線，永遠不去過問對方的行徑？

第一次撞到他和丁小玉，不巧在下班時候。黎欣欣慣常走大樓後的那條巷子，遠遠便見一個惹眼的女孩子，飄著一頭直而長的黑髮，娉娉婷婷站著；一件洗褪了色的牛仔褲，很現代感地裹著兩條渾圓修長的腿。

黎欣欣本來沒注意到她是誰，等走近了，才知是完稿組的小姐，一時也叫不出她名字。

丁小玉衝著她微微一笑，露出一口白牙：

「回去了，黎處長？」

黎欣欣回她一笑，覺得這女孩子還滿討人喜歡的：

「嗳，妳等人？」

丁小玉還來不及回答，章偉恰恰推著摩托車從大樓的地下停車場上來。

黎欣欣一時沒有會意過來，隔著小小的距離和章偉相望。章偉頓了頓，還是從容地將車從斜坡道推了上來，停在丁小玉身旁。這時，黎欣欣算是明白了怎麼回事，一擰身，跨步走開。

直走了遠遠一程，才發覺自己全身抖個不停，沒來由一陣頭昏，剛下肚的自助餐，爭湧喉頭，一陣陣衝進口鼻。

她停下來，額頭頂著大樓的後牆，讓那細碎石子頂了滿額的刺痛，冷汗涔涔中只一味逼著自己問：章偉算什麼？值得自己那樣沒風度？最起碼，也該不露聲色地笑著離開，顯得自己毫不在意。

然而，她畢竟是在措手不及中示弱了。一輩子好強，卻在這不起眼的角色手中落敗。他算什麼，一個落拓的浪子，苛刻一點，幾乎可以說是不學無術；而丁小玉再有味道，充其量也是只個剪剪貼貼的小女子而已，哪一點，足以叫章偉以那種大無畏的神色向她挑戰？

真該早點知道他們的事，起碼心裡有數，門面上自有分寸。

章偉、章偉，為什麼用這樣的手段欺她？來也由他，走也由他，她從未強求，有什麼深仇大恨，要這樣待她？他真以為她凶悍如虎，兩造相遇，急著挺身去護衛丁小玉，她黎欣欣哪裡真是這樣的小風小浪，要較量也得選個對手。章偉那姿態，真真是太叫人傷心了。

拖著千斤重的步伐回到住處，門開處，燈光下，茶几上躺著赫然是章偉的電鬍刀。黎欣欣伸手一抓，狠狠就將它擲到牆上，盒蓋一裂，裡面的黑色電鬍刀重重摔跌在地板上！

她是在被一刀一刀、細細碎碎地凌遲。追想起來，那人最後一次來這裡，也不過是兩個禮拜前。兩個禮拜，再怎麼順風，也不可能會使兩個初識的男女表現得那樣有默契。那種人，斷不是一件一件、有條有理、按部就班地做，誰知道他是多早前，就拿著她墊底，再裝扮成另一種嘴臉，趁著空檔勾搭上另一個新歡？

她最不能忍受的，其實也就是這墊底的折辱。

她，怎能是背景呢？在她的舞台上，理該轟轟烈烈、有聲有色地串演主角。章偉，一個什麼也不是的角色，如何敢這樣張羅她？

然而，他確是這樣做了，擺明了做開來。而她，的的確確也沒有任何辦法可以阻止他。

想到他的辦公桌就在她視線可及之處；想到丁小玉坐的地方，正是她每日必到之處，她便機伶伶打了個寒顫。廣告公司，儘管有大零件小零件之分，但誰也沒紅到有本事可以對另一個人生殺予奪，何況章偉最近正逐漸冒出頭來，頗被看好，那麼，山不轉路轉，何苦死守這裡？只是，為了一個小小的章偉，叫她放棄這半壁江山，豈能甘心？除非是兵敗繳械，把她擺平了，否則她黎欣欣是絕不可能言退的。

而鬥士的代價，背後難免血淚交織。她如今算是懂了。

5

那一年，傷感情的事特別多：章偉升任課長；一條牛仔褲，輪流在他和丁小玉身上換著穿，女的矮，褲管摺起一大截，洗白的大腿部分、洗破補丁的屁股眼，不在業務處，就在完稿組，陰魂不散地游移；漸漸，不主動去探聽，也自然有人茶餘飯後地提供消息：章偉和丁小玉搬在一塊兒住了，男的還幫著負擔起女方家裡的用度。

所有的資料加起來，腦海裡顯現的，儼然是一個有作為、敢擔當的男子漢。這，是章偉嗎？何獨自己從前沒見著他這一面?!是自己錯看了他？還是章偉開竅晚，離開她，才突然猛長心智？

黎欣欣咬牙過著芒刺在背的艱苦日子。痛心疾首不為別的，是眼睜睜看著敵人坐大，自己卻束手無策，更兼還得打脫牙和血吞。

年底，領過年終獎金，章偉那一處處長王仁和，帶走一大票人，跳槽到別家廣告公司去。公司一下子陷入恐慌中，謠傳幾家客戶有意結束華廣的廣告代理權；另幾家客戶在AE走後，後繼無人，雖有新手接掌，但限於經驗，不免遭致客戶頻發怨言。整個公司一時真是風聲鶴唳、飄搖不定。

年假放完，意興闌珊地回到辦公室。一向不和人說長道短、搞派系傾軋的黎欣欣，也感到一股暗流在公司內推湧。

或許是章偉平日表現好，真是該他出頭；或許是蜀中無大將，章偉臨危受命，一張公告下來，真叫黎欣欣傻了眼——章偉升任處長。

那個下午，公告張貼後的兩小時，章偉那一處坐位大調動，紛紛擾擾正如黎欣欣的腦子。等大事初定，章偉赫然與她齊頭並坐，只隔著兩小步遠的走道。

黎欣欣簡直無法去接受這個事實！她可是胼手胝足、一步一步爬過這八、九年的荊棘地才來到這個位置；而她身旁那長頭髮；看什麼都透過那副令人看不順眼的眼鏡的傢伙，三兩年一步登天，居然就與她等高。汗馬功勞，原來也只不過是這麼回事。千年前，廉頗的心情，她一下子完全了解。「尚能飯否」的蒼涼，一霎時就襲上心頭。

「章偉！」、「章處長。」聽到有人這樣叫他，她突然強烈地想透透氣。電話鈴響，她接聽：半個小時之後，客戶要來看剛拍好的新廣告影片。

於是，她必須留下。這就是牽絆。就是她的工作，壓縮著她心境的工作。

九年來，她第一次這麼厭惡自己的工作。服務業，在一切仍不上軌道的今天，有時和「應召業」簡直無異。她不是一個YES AE，在許多時候，經常覺得有志難伸；可是，卻沒有今天這般沮喪和灰心。她是徹徹底底、對自己一路行來的一切懷疑了。

「黎處長。」

她在深沉的冥想中猛地被叫聲一嚇，直楞楞抬頭望著對方。章偉那張似熟悉又陌生的長臉，正謹慎地俯視著她。她的腦細胞一定是停止活動了，有半晌她一直無法將一切串連起來，只瞪著兩隻微往上吊的鳳眼，怔怔看著眼前的人逕自拉過旁邊的椅子，四方八穩坐到她面前。

「總經理是不是和妳提過，我那邊人手不夠，要把貝兒牌嬰兒食品調到妳處裡？」

他的聲音喚醒了她敏感的工作細胞，一觸及工作，黎欣欣便恢復鎮定和敏銳。「我聽說了。」

「那好，我想應該辦一下交接，這個客戶的性質、產品、廣告量、預算安排、廣告內容，我得一一跟妳交代；這幾天，還得選個時間，陪妳去拜會客戶，跟他們當面說一說，最近被王仁和他們一搞，許多客戶都蠢蠢欲動。」

黎欣欣一笑，連自己都感到那份冷意：

「章處長，新官上任第一天，不急，該做的事多著，我看你還是先把你的處處理起來，再辦貝兒牌交接。過幾天，我會指派一個AE和你辦移交，年預算五百萬，需要我親自接手嗎？如果如此，一個處要多少位處長？」

說完，逕自推開椅子走開，由著章偉在心裡頭罵「噻」。

第二天開始，她連續請了一個禮拜的身心調劑假，搭上飛機，遠遠躲到墾丁去。

既非觀光季，也不逢假期。放眼長眺，高天廣地，孤零零她一個人。

南國四季如春，似乎也看不出特別的草長鶯飛。不是秋雨蕭瑟，也輪不到她多愁善感。走在通往牧場的黃土路上，一個腳印一番踟躕，心緒如飛絮，漫無邊際，自己也無法收攏成一個意念。

實在是累了，是失望了，是沮喪了，是意興闌珊了。多少年來，她一直是個好的工作人員，她把自己的生活意義定位在那裡，似乎，它也沒讓她太過失望。她不明白，只一忽兒，怎麼一切盡不如人意？

跨過欄杆，斜斜沿著山坡往上爬，草地裡放牧的羊，睇著她怯怯地閃開。她爬到最高處，在山脊上望向連綿的百岳，只覺此身如寄，說不出的單薄無依。風一吹，禁不住就兩眼濕潤。

是錯在哪裡？若不對章偉動情，今天這個局面，是否會給她如許深重的打擊？很出其不意的，她竟想起多少年前有過一夕之孽的唐兆民。注定她不該動情的，每一動情，總有傷損。然則，只許她踽踽踉踉、荊天棘地、孤零零地走！就是天意，她也不甘！

再回到辦公室，看著公司招考進來的新血輪，一臉的鬥志和期望，她覺得自己真是老了。第一次，她想到這份工作的遠景，想到自己的生活，甚至想到所謂的「生命意義」。這是一個十足殘酷的行業，多采多姿是它的枝葉，無情卻是它的根髓。可是，望廣處去看，哪個行業不是以貢獻度來當作取捨用人的標準？用這樣的心境去看，虛名浮利，充其量只是個誑人的皇冠。章偉，不是兩年前就跟她說得清清楚楚？

去過墾丁和南部，有時坐辦公桌，恍然竟覺得來來去去的人像一波一波的稻浪。章偉和丁小玉，偶然廊間相遇，痛楚也不尖銳得叫人椎心地疼了。模糊中，總覺得自己還有去處，犯不著在這兒和人遍體鱗傷地爭。心境一緩，有時連章偉在那兒晃，竟也能視而不見。到底是時間之功，還是眼界之寬，她是懶得去追究分析了。

四月裡的一個禮拜五，下班後翻看報紙，不經心看了一眼窗外，萬家燈火亮了滿滿一片玻璃窗，她突然懷念起許久不曾涉足的西門町，懷念起那懷帶零食、專注於銀幕的日子。

心念一動，匆匆鎖了抽屜，提起皮包就走出辦公室。兩部電梯遠遠停在五樓和一樓，她折轉身，找了樓梯下去。不想就在轉角處撞著了正在往上爬的章偉，章偉很自然地停了腳步。

「欣欣。」

她只一愣，很快繞行，嘴裡一邊「嗨，拜！」匆匆忙忙就往下要走。

章偉攔住她的去路，長手長腳的像隻八爪蜘蛛。黎欣欣不說話，站住了等他動靜。

「我們無論如何，不必像敵人一樣。」

黎欣欣還是不說話，她在等他表露真正的意圖。

「一起吃飯好不好？」

她睨著他，一身臊熱，彷彿自己剝光了衣服面對他。舊歡新怨，一霎時全湧上來。

「換口味嗎？章處長。」

章偉一下子像被猛拳擊中，站在那裡，由著她自身邊拾級而下。

出了辦公大樓，風一吹，居然打了哆嗦，實在的，誰贏誰輸，未必分得清楚。面對眼前的車水馬龍，心境斗地下跌，電影是看不下去了，仍舊一個人栖栖惶惶地回到住處。

一張自尊，仍把她撐得好好的，上樓、開門、進屋，直到坐到梳妝台前，兩行淚才潸潸流下。

他以為她是什麼？他又自以為是什麼？三十歲的大男人了，難道還可以像幼兒一樣，玩膩的玩具一把丟，過一陣子，新玩具也倦了，再回頭來拿?!她可不是……但，她是什麼？

三十多歲，繁華歷半，才發現自己原來有個致命的弱處，照樣會有許多淚漣漣的日子。原來，也是個有情、有肉、有血、有那見不得人的傷痛的女人。

那一晚，燈下，她發現自己眼下淺淺兩道細紋，一長一短。歲月，終究也不曾厚待自己什麼，說不定，在心靈上，它肆虐得更加猖狂。

以後的日子，章偉和她仍然維持互不相干的狀況。倒是有幾次，下班時，不經心看到丁小玉到章偉辦公室探頭探腦，也不知章偉是走了還是尚未回來，女孩的眉宇間掩不住的懊惱，就那張嘟著的嘴顯得她淺如沙灘、一望無際；可也是那種小兒女態，叫大男人止不住想去心疼。黎欣欣垂著眼，佯裝視而不見地翻看文件，心裡倒是逼著自己問：沉穩抑制，究竟是幸或不幸？

有個週末，黎欣欣從客戶產品新發售在百貨公司的試吃會場折回公司，已過九點，她上樓拿媒體實施表，準備統計業績，分析一月來的得失，好應付週一的幹部會議。

才進辦公室，見丁小玉坐章偉座位，一臉怒容；章偉則手插褲袋，用他那慣有的吊兒郎當姿態，偏著身站在一旁。已經一腳跨進，整個人毫無遮攔地暴露在丁小玉視線之內。

無論如何，不想廁身他們的生活光圈；可是，要抽身已然太晚。黎欣欣硬著頭皮進去，兀自思量是否要出聲招呼，或不聲不響地來去，拚著讓丁小玉多心臆測。念頭猶未轉完，迎面就射來丁小玉怨毒的眼光，接著是她歇斯底里的聲音：

「還說不是！一前一後進來，你騙誰？」

章偉側過身也看到她，新舊之間，倒是他最尷尬。黎欣欣沉默地走到自己辦公桌，開抽屜、找資料，順便帶了計算機。

「你們到底要不要臉？有本事就正正當當公開！」

「妳胡說什麼？簡直簡直不可理喻！」

「不可理喻也比假清高好，誰不知道！哎喲，你幹嘛！」

章偉動手準備將丁小玉拉出辦公室。黎欣欣咬著牙，拿了東西逕自離開。一場陰錯陽差的誤解使丁小玉撕破臉皮，黎欣欣斷非怯懦，只是想，為了章偉和那小女子爭風吃醋，無端折辱自己。辦公室裡一點風吹草動，就可以造成軒然大波，謠言對她的損傷，絕對遠超過丁小玉，得失之間一衡量，硬生生便吞下那口窩囊氣。出得來，卻也禁不住兩眼模糊。

總是孽吧，欠了章偉大把淚債，無端叫人折損得七零八落，怎麼拼湊，都不再似往日那來去自如的獨立人了。三兩年前，怎麼都想不到，自己會有一天，像個傀儡木偶般，由著人叫你哭哭笑笑。

星期一的幹部會議，黎欣欣腫泡著兩眼參加，連續兩夜一直沒睡好，從來不是多愁善感的人，最近卻有點神經衰弱。會場裡，章偉隔著長方桌對她凝望，她真恨自己沒有一副神采煥發的亮麗。

午飯時間，眾目睽睽下，章偉過來站在她桌前，大大方方地邀請：

「黎處長，有點事和妳商量，一起吃飯怎麼樣？」

她抬頭看他，眼前浮起的是丁小玉那晚的嘴臉，心念一動，居然笑盈盈把抽屜一關，說：

「難得章處長請客，有什麼不好？」

兩人並肩下電梯，擠在人堆裡沉默相對。出了電梯，跟著章偉跨過馬路，到一家相當幽靜的日式料理店，相對而坐。

點完菜，章偉謹慎地開口：

「前天很抱歉，丁小玉她誤會了。」

「你替她謝罪嗎？」

「當然不是這樣。」章偉頓一下，似乎在選擇措辭；「其實，我們已經很長一段時期處不好，但是，她不甘心，一直追著我吵。」

「我了解，所以你回頭來找我？」

「不是這樣——」

她一笑，表現得很坦然：

「是或不是，沒什麼差別，我並不爭這個面子。」

話面堂皇，但卻頗有豁出去的味道，黎欣欣自己覺到了，突然把話鋒一轉：「你處裡新來的劉念台，看起來滿有可塑性，不妨多用點工夫帶他，早點讓他獨立跑一兩家客戶，你就不用那麼累。」

「我今天並不是要和妳談公事。」

「除了公事，我們還有什麼可談的？」

章偉綠了臉，好半天才說：

「欣欣，我並不是求恕，當然，和妳處過一陣子，又去找別的女孩子，妳一定不痛快。可是，妳也得承認，和妳在一起，會有哪個男孩能永遠甘心作個黑市情人，躲躲閃閃地藏在背後？」

「現在，和丁小玉在一起，你不是得其所哉了？她以你為榮呢，生怕別人搶了你，以致疑神疑鬼的。」

章偉嘆了口氣：

「妳又何必和小女孩子生氣？」

一句話惹惱了黎欣欣，新仇舊恨，翻滾而上，切齒就說：

「你那小女孩子既沒辦法對她自己的行為負責，你就該管著點，教她怎樣行事做人，免得話一出口，讓人賞她耳光吃。」

點的菜適時端上來，黎欣欣也不招呼，掀蓋就動筷子，菜挾到嘴邊，才發現胃口全無，勉強塞進嘴裡，差一點沒嗆出來，還是連飲兩口茶，才把東西吞下去。稍一折騰，竟又是眼前模糊。

章偉嘆了口氣，默默拿起筷子。

黎欣欣自己花了好大勁調整情緒，半晌才又開口：

「你以前說得對，我們其實不必像仇人一樣相對。你也可以告訴丁小玉，別把我當作敵人。」

章偉苦笑了一下：

「她要怎樣，由著她去。問題是妳，妳對我們的事怎麼樣？」

「我以為我們的事半年前就結束了。」

「欣欣，難道——」

「你一直以為自己是個可以被原諒的頑童，玩玩這個、玩玩那個，丟丟撿撿，回頭再來。你有感官，知道喜惡，別人難道沒有感覺？由著你愛來則來，要去則去？你也太糟蹋人了。」

「妳有感覺，但妳也有感情嗎？」

一句話問得黎欣欣平心靜氣，她深深看著章偉：

「問得好！你拿丁小玉怎麼辦？她沒感情嗎？」

「她，」章偉頗為踟躕：「太嫩了。」

「一開始，你不也因為她的嬌嫩才被吸引？」黎欣欣知道自己不是為丁小玉說話，只是企圖用問句去說服自己去相信章偉罷了：「章偉，你對感情，根本是個逐水草而居的游牧民族而已，到底不能安居，誰能相信你？」

「妳不能嗎，欣欣？」

一句話問得黎欣欣深思起來。

她能嗎？她有什麼不能？他值得嗎？自己甘心嗎？

不錯，章偉現在和她等高，但那個標準連她也不信服！她的世界豈止區區這些？是期許自己要看盡洛陽花的人，真捨得就這樣停駐下來，落在這浪子身邊？

如果不，何必多費唇舌？

「我們扯遠了，吃飯吧。」

她不等章偉說話，自顧自食不知味地吃起來。

「欣欣——」

她抬頭，像自問又像問章偉般地打斷他：

「需要談判的感情，不太奇怪了？」

一場飯吃下來，真是勞心傷神。兩人第一次公開並肩回辦公室，章偉和她現階段的關係，到底沒什麼需要隱瞞的，終究他們也只是同事而已，再不比這更多一點。

倒是下午在撰文處和丁小玉狹路相逢，對方從齒縫裡迸出一句：

「噁心！」

低著頭，匆匆從黎欣欣身旁閃過。

或許出於錯覺，黎欣欣覺得丁小玉那一頭長髮，好像不似往日烏亮。原來愛愛嬌嬌的女子，一旦在臉上寫下妒恨，很快就改變了容顏。她完全了解丁小玉的心境，但卻沒有雅量諒解她的舉動，尤其是當面給黎欣欣難堪這件事。針鋒相對的耍嘴皮子，她黎欣欣馳騁沙場，萬不會輸給丁小玉；但她要較量，在乎挑選對手，丁小玉遠不值她將之挑上戰場，付這個代價。

然而，這樣一個本該不起眼的小角色，竟是這樣三番兩次地逼迫她應戰。她隱忍不決，只為了計較要付出的代價和可能得到的戰果。一切顯示，不到她行動的時候。

6

十月杪，黎欣欣忙著一連串的年度企畫，所有的提案全集中在這前後二十天中對客戶說明；雖然年度企畫的準備早已開始，但許多成形的構想，仍是在最後階段才緊鑼密鼓地催生出來。因此，連續二十多日，三個企畫案接續提出，實在夠累人的。

連著加了一個多星期班，對黎欣欣而言，本係司空見慣；但這回，一反往日，竟自有點倦怠起來。

處裡的ＡＥ李文德，這日回來垂頭喪氣，跨腿一坐，便坐到她座位前特別留的一張椅子上去。

「黎處長，H牌現在很難搞，負責廣告的老金是由營業處轉來的，抖得不得了，說什麼我們服務不好，要找別家比稿……」

「哪一項服務不好？是構想不好、稿子太差，還是跑得不夠勤？」

「我想，」李文德吞吞吐吐：「那傢伙是嫌我們交際不夠……他喜歡跳舞。」

「如果跳舞就能做好廣告，那他也不需要廣告公司了。」

黎欣欣說完，才發覺自己太情緒化了，根本不是幫部屬解決困難的態度。因此，隨即又緩下口氣，問顯然已束手無策的李文德：

「你是AE，依你看，我們現在應該怎麼辦比較好？」

「長廣已經和他接觸很久，聽說還請他跳過幾次舞。所以，每回我拿案子或稿子去，都被他修理得體無完膚，這幾個月很難跑，真的。他現在一直明說暗示，如果我們不改變策略，明年廣告只怕我們做不到了。」

黎欣欣沉吟著，抬眼看著李文德，似自問又像問他：

「一年一千八百多萬預算，頂多也只算得上中級客戶，犯得著這樣委屈巴結？而且，長此以往，如果把重點放在卑躬屈膝的交際上，我也不相信廣告能做得好。我們不是靠拉交情拍馬屁做生意的廣告掮客，這一點我們自己要弄清楚。」

「話是這樣說，但客戶做不做，難道是我這小ＡＥ可以私自決定的？」李文德對黎欣欣的態度顯然不滿，話裡充滿賭氣的味道：「一千八百多萬雖說不多，但是一個數百萬的客戶，就有本事叫廣告公司爭得頭破血流，萬沒有平白斷送這一千八的道理。現在，要爭取一個客戶難如登天，要丟掉客戶，嗐，不是我危言聳聽，三兩下就清潔溜溜。到時業績不夠，逼死ＡＥ……」

黎欣欣由著他去發牢騷，背負著業績壓力，任何人都可能失態，何況是只有兩年任事經驗的李文德。

李文德講得火起，才發現黎欣欣平靜地坐在那兒，不知不覺就噤了口。黎欣欣這才緩緩開口：

「講到壓力，我要負擔公司一半的業績責任，絕不會比你輕鬆。任何一個客戶，不管大小，我都不會輕言放棄。問題只是，我還得算算投資報酬，H牌我們只發報紙和電視，硬碰硬，不是好做的；何況佣金固定，不像雜誌佣金可以漫天要價，你也清楚，佣金高的雜誌稿，老應全一把抓，自己發自己賺，輪不到我們。如果還要超額交際費，不僅處理可以動用的錢不夠，我們做它，其實也等於虧本。我不是不知道你的難處，問題是我也為難；因為，除了業績，我還得算毛利，否則對公司交代不過去。」

黎欣欣見他沒說話，遂又回頭說：「我看這樣吧，H牌目前只能當特案處理，我另外上簽呈請款。你安排耶誕請他上國賓跳舞，利用特定假日，才不顯得太巴結，也不會讓老金有家常便飯理所當然的錯覺。」

「今天下午我去H牌，就跟老金說，讓他高興高興。不過，」講到這裡，李文德似有點顧忌，囁囁嚅嚅地說：「耶誕夜那天，最好請黎處長出面。」

黎欣欣審視地看著他。

「老金說，妳看不起H牌，沒當他是客戶，他接任四個月，妳只去一次。那當然是他挑毛病的說詞；不過，如果黎處長出面，我就更好交代。」

黎欣欣一推文件，淡然作了結語：

「到時再說吧，反正還早。」

看著李文德滿意地離去，黎欣欣突覺說不出的疲倦。台北冬日陰霾濕冷，站在辦公室，透過大玻璃窗往外望，只見上天下地一片灰黯。黎欣欣手插褲袋，面對著對街的大樓。在這個生活空間裡，一切事物都不用費心極目去看，久而久之，人似乎就只看到眼前的事，再也看不遠似的。

「困獸」的感覺，近來一直糾纏著她。外表，仍舊是處事俐落、作風明快的廣告界女強人；也仍舊把處裡的客戶照顧得妥妥貼貼，唯有獨占樓頭，私下思忖時，覺得無來由的倦怠和無力。這一行做了十年，流汗流淚，把青春全埋葬了，卻發現自己其實也有束手無策的時候，也不盡然真得到了什麼尊重和讚許。她羨慕那些受了客戶的氣，就能理直氣壯、高聲大罵客戶「沒水準」的同行，那種反擊，至少肯定了自己的價值。而她卻只覺得渾身無力，不知如何去改變現狀。

人在高處，慢慢就覺得掌聲遙遠，遙遠得無關痛癢。

她怎會這樣生活了十年？沒有假期；經常加班；長期處在客戶會被搶去的威脅裡；好好的情緒，客戶三言兩語就能將之翻攪得七葷八素；抓住任何機會，不斷投注寶貴的時間和精力去比稿，結果，一大票人花上大半個月的心血，卻成為某些客戶賣弄權威、耍廣告公司於股掌的惡劣遊戲；而每個月檢討得失，業績成為晉升或罷黜的因素，也成為永遠的魔魘。人在這無所不在的龐然大物壓榨下，慢慢喪失了真正的生存意趣，成為索然無味的、全然的經濟動物。而且，廣告無情，圈圈裡恁多真真假假、浮泛不穩的紅男綠女，催肝斷腸的離合在同一空間裡串演……

人過三十，知道不再一味猛進，偶然回頭眺望眺望，一路行來，淚痕斑斑，才知道原來自己走過的，是如此觸目驚心的一程。

這麼殘酷的行業，如果還容不得人挺直腰桿生活，那算什麼？

十二月中旬，公司五週年社慶當天，大規模酒會自下午兩點開始，持續舉行五個小時。同行和客戶陸陸續續前來道賀，送往迎來，黎欣欣倒也在寒暄中重拾了許久不曾有過的熱鬧情懷。爾虞我詐、老謀深算的臉一張張晃過，交臂而逝，無關痛癢；另一些年輕而充滿熱望的臉，卻像朝陽般照得人眼前一片光明。事情終不會全然黑暗的，足跡所至，縱令坎坷，也有叫人懷念之處。

剛送走自己處裡一位客戶，角落裡偶一徘徊，尚把不定要不要暫離歇一口氣，章偉悄悄走了過來，還來不及開口，望見入口處一位正在簽名的戴眼鏡中年男士，突然改變主意，說：

「那是新源王總經理，我們過去敬他一杯。」

黎欣欣尚未開口，王總已經看到他們，微笑踏步走來。距離不遠，黎欣欣待要抽身怕會無禮，遂隨著章偉迎向前去。

章偉熱情地伸手去握對方，一邊為雙方介紹：

「新源王總經理，我們的超級大客戶。」旋又轉頭介紹一派從容篤定的黎欣欣：「黎處長，黎欣欣。就是我常跟王總提的，廣告界最拔尖的女傑。」

王總笑呵呵，點頭致意：

「久仰、久仰，看到你們的喜帖了，到時一定去。」

章偉臉色大變，黎欣欣一臉愕然。

王總經理是見過大陣仗的人，兩人反應一入眼底，頓悟失言，呵呵笑著掩飾：

「五週年，難得難得！」

「我帶您到作品展覽室看一看。欣欣，要不要一起過去？」

「不啦，我還等一些客戶。王總請便。」

望著兩人的背影，一種不可置信的驚悸布滿全身。莫非……黎欣欣倚著牆，覺出自己一身汗。

忙亂一天，走過耶誕音樂充斥的街道，轉入長巷，陡然跌入一片無邊的冷寂，街燈下，突然望見章偉悄然佇立，黎欣欣更覺一陣奇冷。

走近街燈，章偉默默傍著她走了會。黎欣欣早已打定主意，從今而後，再也不讓他的任何事物影響自己。然而，當他突然開口叫她名字，她還是機伶伶打了一個寒顫。

「我一直想告訴你，但沒機會。」

她沉默著，伸手到皮包裡拿鑰匙。

「我下個禮拜要結婚……」

黎欣欣在門口站定，居然很準確地將鑰匙插進鎖孔裡。

「恭喜了，你總是有驚人之舉。」

他似乎聽不出她話裡究竟有多少嘲訕之意，不安地挪動一下身子。

「實在不得已，我也——」

「章偉！」她突然聲色俱厲地打斷他，正視著眼前那張倉惶的臉：「感情的事，無論你怎麼做，別人都沒資格指摘你。不過，別老把責任往外推，弄得自己無辜，別人罪過。如果我相信結婚真如你說的那麼不得已，我就是十足白痴一個了。丁小玉她，拿著刀槍逼你上架嗎？」

她轉身跨進門去，章偉情急地在身後叫她：

「等一下，欣欣。」

「章偉，我告訴你，人到重要關頭，總得選擇。既有勇氣作決定，就該有勇氣承擔選擇後的副作用。別幻想兩面光的事，做不到的。你夠聰明了，難道會不明白？」

「我不是要挽回什麼，我只是想告訴你，上回才說丁小玉怎樣，現在又匆匆結婚，未免反覆太厲害。我只是——解釋一下。」

「這樣，你不覺得太對不住人家女孩子？」

說完，反身就走，由著章偉冷白了臉，站在昏黃的街燈下，看著她的背影消失在毫不猶豫關上的紅色大門。而，等上了樓梯，一級一級往上爬，黎欣欣才從微抖的雙腿，發覺假面具之下，自己未必真是那麼不動如山。

章偉的婚禮在耶誕前兩天，熱熱鬧鬧地舉行。全公司同仁幾乎都到。處境尷尬，她更沒有理由缺席。到底還不是特立獨行、徹底看得開的女人，只好強迫自己去活受罪。

青春到底是光彩的，喜事更使新娘格外奪目。章偉和丁小玉，儼然一對「從此過著幸福生活」的璧人。敬酒時，丁小玉深深看她一眼，那一眼含有什麼，微醺中，一時倒教人難辨清楚。

散席後，她驅車回住處，遠遠就在巷口叫停，一個人走入長長的黑巷中。

許是顛簸過，又或許喝多了，將近住處，忽然一陣嘔心上湧，等不及就蹲在牆角驚天動地地嘔起來。

嘔淨了，人竟站不起來，略定一定神，才發覺自己滿臉的淚。情孽情償，淚債淚還。章偉，夠了嗎？

耶誕夜，到處歡樂鬧熱的妝點，仍掩不住天氣中一片陰寒。

黎欣欣特別要李文德約妥一個一心想多上螢幕的小星星去當老金的舞伴。一夥八、九個人，擠在事先預訂的檯位，望著周遭紅男綠女一張張興奮的臉，黎欣欣覺得自己連打扮也和這節日格格不入。該穿條大圍裙，舞起來才有「飛」的感覺。但，和誰同飛呢？今天，充其量也只是另一層面的工作罷了。

「黎處長常常跳舞？」老金隔著檯面對她嚷。原想也嚷回去，遲疑間，乾脆以搖頭代替。

「怎麼可能？廣告公司的人最開放了，尤其幹業務的女AE，誰不時髦新潮？」

黎欣欣仍只是笑。太累了，和老金這種人談話，尤其是隔桌對喊。

小星星坐在老金和李文德之間，一身魅人的黑衣裙，像蛇般纏繞著李文德。倒也是外貌匹配的一對，但有野心走星路的人，行跡多少要略事收斂，否則載舟覆舟，實在難料，何況是為了一個半真半假的李文德。黎欣欣私下嘆息，再往深處一想，不覺堪驚：難道，自己不是像拉皮條的，正處心積慮，企圖在撮合老金和小星星？

耶誕大餐撤去，舞池裡擠得水洩不通，黎欣欣剛和老金跳過禮貌性的兩支舞，正尋思如何悄悄交代李文德，不著痕跡地溜走，老金忽然獨自掩了回來，一邊掏手帕拭汗，一邊搖頭：

「不行，這種快舞已經不適合我了，老骨頭一把。」

「金副理客氣，正當盛年。」

「年紀是假不了的，逞強不得。」

說著，一屁股坐在黎欣欣身旁，髮蠟味加古龍水，讓黎欣欣頗感窒息。

「黎處長怎麼了？男朋友沒來，所以悶悶不樂？」

「金副理說笑，今天是特為您安排的，我們怎能有旁鶩？」

老金呵呵笑了起來，絲藍襯衫內，以那個年紀而言仍算結實的胸肌，隨著上下起伏，閃爍的燈光照在泛光的纖維上，漾出一層波樣的迷離。黎欣欣轉頭去看舞池，奇光幻影下，男男女女都像機器人般，忘情而誇張地舞著。這樣的紅塵世界，怎會是所謂的平安夜呢？

「這種舞，真像做健身操。同樣是快節奏的舞，我覺得我們那個時代的扭扭和阿哥哥有味多了。」

黎欣欣一笑。老金最少有四十了，他居然把她當作同時代的人。這種況味，今夜確乎是嘗定了。

「我還是喜歡慢舞，情調不同。」

「看心境吧，有時我覺得快舞滿好的，把情緒都宣洩掉。」

「黎小姐也該結婚了，結了婚心境會好得多。我是交淺言深，不客氣進一言：眼界太高會錯失機會。」

「居然讓金副理用上錯失機會這樣的字眼……結婚那麼好嗎？聽起來像萬靈丹一樣。」黎欣欣平平淡淡反問過去：「可是，為什麼有那麼多人離婚？」

老金還沒回答，舞池的人紛紛回座。音樂再度響起，李文德和小星星，居然索性留在舞池，恍若無人地緊緊貼在一起。

黎欣欣跟著老金進舞池，為李文德向老金道歉。

「金副理，我們李文德真是年輕不更事，請明星來是專程陪您，他卻和她跳個沒完。回去我得好好說他，看他怎麼補您。」

「我對那種女孩子沒興趣。」老金放在她腰上的手用力一按，她的身子不由自主向他靠近，很自然的，那鼻息就在頭上逼人地吞吐起來：「我喜歡有內容的女孩子。」

黎欣欣將被握著的右手，稍稍挪向前，以手肘不著痕跡地擋在兩個身體之間；為了避開鼻息和嘴裡呵出來的氣，她只好將腦袋埋得更低。這個被誤會成害臊的動作，挑起了老金的激情，那隻原來在後腰的手，突然快速游移到她的胸前。黎欣欣一驚，出於本能地將老金猛力一推！隔著距離，兩個人互相驚懼地看著對方。

只一會兒，黎欣欣頭一低，逕自回座位去。

位子上坐定，所幸老金不曾跟過來。黎欣欣惶惶然坐著，手裡緊捏著皮包，幾番欲起還坐，腦裡可清清楚楚知道自己絕不能這樣就走。

如果仍要這個客戶，最好的辦法就是若無其事，隱忍下來。老金如果上路，應該到此為止。畢竟，彼此還不曾扯破臉，日後相處，仍有迴旋的餘地。

然而，在閃爍變化的燈光下，在重重人圍中，黎欣欣微顫著身體，仍舊止不住溢出兩滴眼淚。她的悲哀，與其說是老金將女ＡＥ當高級神女的齷齪行為汙辱了她，還不如說是，直到此刻，自己居然還能理智清明地逼迫著自己，不得去屈從這不顧一切的衝動——一走了之。

人只要一猶疑，就難保行為不會走樣。她的心志，早已不是頂天立地、來去由己的自由人了。背著事業這美麗的軀殼，裡頭是扭曲變形的身和心。高薪和高位，就一定得要女人付出這代價？還是因為，這是一個尚未在國內步上軌道的服務業？或是因為男性恆常自許的侵略性？或竟只是，黎欣欣顫慄了，只是因為她是一個超齡未婚的女性，就點燃了老金的非非之想？

同坐的人何時回來，她在恍然中未曾知覺。只有老金仍舊坐回她身旁時，她才瞿然而驚，打點起全副精神應付場面。

「李文德，貝貝小姐是特為金副理請來的舞伴，你這樣哪算待客之道？」

李文德嘿嘿直笑，哈著腰說：

「是，是，我看金副理一直在忙，應接不暇，所以我替他招呼貝貝。這樣好了，從現在開始，貝貝就交給金副理，我，我辦移交。」

同座的人知趣地起鬨大笑。笑聲中，老金扶著貝貝進舞池。黎欣欣如獲大赦，人一鬆懈，一身癱軟。

一夥人直到打烊還戀著不走，黎欣欣筋疲力竭，管不了究竟誰夥著誰走，也不要人送，獨自塞進計程車裡，在報佳音的教徒歌聲和舞罷夜歸者的喧譁聲中駛回住處。

春節前半個月，H牌正式通知華廣，廣告代理權終止，換給另一家廣告公司代理。

二十多天來，一直壓在黎欣欣心頭的疑慮成真，她倒還相當篤定。倒是李文德，忍不住跳腳，急著把過錯往別人身上推。

「老金說，婦女衛生棉的廣告，要晚上九點半以後才能上電視，而我們居然把四分之三的預算全放在電視，顯然是個既無能力又不負責任的蹩腳廣告公司……」

「李文德！」黎欣欣冷冷地看著眼前這毛里毛躁的年輕人：「欲加之罪何患無辭，H牌上市三年，不多不少，也有百分之十六的占有率，這種成績，相信不是他老金能否定的。大家合作這麼久，就是企畫路線偏差，也有商量修正的餘地，斷不會一點機會都不給的。老金存心不讓我們做，理由可以找出千萬種，我們實在大可不必去計較他說了什麼。」

「可是，他說得也有道理，我們總得檢討檢討。」

「如果要檢討，最大責任是AE，躲得掉嗎？你別忘了，AE是把舵的舵手。平常你們愛作老大，有了事也不能往人家身上推，對不對？」

「我不是推，但是……」

「不要但是了，你直說好了，到底認為該誰負責？」

李文德被她率直一問，倒也說不上話。

黎欣欣也不知自語還是對他說，平平地加了一句：

「不去和他交際也罷了，說不定還保住了這個客戶。」

李文德不明就裡，一味懊惱地哀聲嘆氣。

「你手上少掉H牌，大概一千八百萬。這樣吧，我把愛司消毒水和同心內衣撥給你，兩家合起來，少說也有三千萬。」

李文德瞠目結舌，露出不可置信的神情：

「那怎麼行？這兩家是處長親自在跑的招牌客戶，都十多年了。」

「有什麼不行？總要適時培養接棒者，我好休息休息。」黎欣欣恬然微笑：「下午兩點開始辦移交。這兩家你全去過吧？明天我再陪你去正式介紹一下。以後，就看你啦！」

李文德狐疑地回到自己座位。等他走遠了，黎欣欣打開抽屜，拿出簽呈紙，怔怔看了半天。然後抬起頭，四顧著偌大的辦公室：透明敞亮的玻璃隔間，打電話、聽電話、互相討論、彼此協調、出出進進、上上下下，全是一些年輕輕的人。這個號稱年輕的行業，也的確是朝氣蓬勃，怪不得一入廣告，總要痴迷多年。

她把椅子一旋，面對著窗外一部銜著一部，粗看像玩具車般無聲的車隊。七、八年來，這條路一年繁榮過一年，如今已是台北市最難走的東區幹道之一，寸土寸金，區區一坪高值二十餘萬。人履斯土，禁不住要昂首闊步。

然而，這一片繁華，究竟掩埋了多少匆遽而落寞的足跡？

黎欣欣重新旋回椅子，一霎時，竟覺得自己面對的那張桌子，大得令人窒息。

她拾起簽字筆，在紙上寫下「辭呈」兩個大字，眼睛一花，只覺過往所有的人、事、物，千軍萬馬地湧到……

特載

特載一

如果一粒菜籽不死

——重看萬仁的第一部長片《油麻菜籽》

張亦絢

提到萬仁導演，說他的作品「未被充分認識」，似乎還蠻常見——在看《兒子的大玩偶》（一九八三）時，我最喜歡《蘋果的滋味》。長大後，才知當年有個「削蘋果事件」，促成了「楊士琪卓越貢獻獎」。而可能被以為順風順水的台灣新電影，背後原有驚濤駭浪——這些小說與電影多是我小學的記憶。兒童時期感覺親切的電影，在長成後，是否經得起檢驗？這是我重看《油麻菜籽》（一九八四）的動機之一。

剪刀、婚紗、洋娃娃

廖輝英的原作節奏頗快且言語生動，她與侯孝賢都掛名改編劇本。電影是「大致忠於原作的文學改編」——不過，也有較顯著的改動。原著裡，受傷是因為父親將菜刀擲向母親，電影裡變成夫妻在打鬥中，母親的剪刀刺向自己手心。母親以剪壞女主角阿惠的頭髮，作為對她戀愛的懲罰，原著未見。剪刀出現多次，它是女性化的工具或陽具的對稱物，盛怒的女人「剪掉男人的命根子」，並非只是隱喻，也見於現實。電影中的剪刀最多及於剪壞丈夫西裝。洋娃娃在小說裡，是父親一時興致的禮物，阿惠「望住那陌生的大男人，疑懼參半」，小說刻畫父女關係的空白。電影裡，送洋娃娃接在母親流產，幸有阿惠奔跑救命之後，變成父親對自己「不顧家」的贖罪禮，在女兒穿婚紗時，又變成父女連結的信物。

父女都要背叛母親，遂行自我的意志。洋娃娃收在櫃子裡，但眾人皆知。母親拿娃娃後腿軟，象徵了「母權跛腳」。「父母和解」是進入婚姻前的感情需求，這符合常識。不過，電影其實虛晃一招，「母跛」再次打破了三人關係平衡的假設，父親接了娃娃，從此卻在鏡外。趕去慰母的阿惠，由母親掀起了新娘頭紗——母親此時近於「前新郎」。母親並未發火——但對婚姻的恐懼揮之不去。雖然母親收發男尊女卑的論述，但真正的屈從很難存在，怨恨通常是需索公正的幽靈。

電影也放大了父母代表自由（享樂）與傳統（受苦）的對立。原著中，母親見過世面。對女兒的教育，態度是矛盾而非單一的。電影傾向將母親塑造得更加保守——如此的好處，是它可能適用更多數的女性境遇。電影中，曾為醫生之女的母親說出，想讓女兒小學畢業就去做女工，除非是對丈夫的激將，不然就算窮得厲害，也還有點違和感。拿掉小說中母親為女兒買鞋一段，刪去了最能顯示母親愛女的段落，有點可惜，但合乎這部電影「捨殊相就常態」的一貫性。

不過，這樣的比較，對電影遠遠不夠。

電影最令人印象深刻的有兩個部分。一是它的「如畫性」，二是它置入的「注目軸線」。兩者成功地轉化文字對性別歧視的陳述為影像。必須也為演員表現記上一筆，無論柯一正飾演的父親、顏正國飾演的哥哥，或從小而大的阿惠（李淑楨、蘇明明等人飾），所有演員都相當出色。陳秋燕所飾母親，更是驚人——老年的她，不單有受盡磨難的「被磨感」，因為女兒獨立而終於可以「由緊而鬆」的愚痴感，形成混合滄桑與幼稚的複雜氣質。

如畫電影的構圖語言
倒下的父、痛哭的草，與不同爽度的身體性

阿惠外公之死令阿惠母親心神俱裂，電影中，悲痛卻不靠嚎啕——這一幕從白色蘆草夾道翻飛的無人空景開始，但「痛哭流涕的主角」是狂風中的厚重蘆草。在這之前，電影透過拍攝阿惠外公理髮的畫面，呈現了「婚姻難救」對外公的打擊，理髮使拍攝外公斜躺與白毛巾蓋面得以嵌入敘事，影像語言說的卻是「快倒下去了」。一樁他作主的婚姻幾乎可以殺了他，用他的煩惱間接表現婚姻中的絕望，相當高明——閉眼外公眉髮濃黑兩鬢微白，從這一鏡到全白蘆葦，可稱為「電影中的伍子胥過昭關」。

男人身體常玩樂，女人身體服勞役，影像說得更多的是，前者在後者眼中的「爽度」：阿惠長時擦地板，哥哥一進來就踩髒，這一幕極好，在於速度的對照。顏正國飛竄——這是一個爽度爆表的男童身體，奔向他的玩伴爸爸。阿惠也有機會跑，但那是為了幾乎喪命的母親。

男人負責爽，女人負責救——性別分化的極致來到《油麻菜籽》最特殊的一段：不是淫婦，而是「姦夫」被迫洗門風。丈夫向外求爽的盡頭是，被逮到與有夫之婦有染，面臨道德制裁與暴力威脅。毫無招架之力的他，要妻子解救。洗門風當然是種陋習，場面恐怕相當屈辱恐怖。此節有相當多層次值得深入。電影將小說裡的「罰金」提高了五倍——更嚴重的是，舉家得流放到台北貧區。

這個「插曲」改變了家庭的部分權力結構：父親終於在家吃團圓飯了，火車站裡最像「全家福」的一鏡，「前浪蕩子」父親還抱著嬰兒（！！！）——前一場的對話暗示，是否收留父親這個「道德賤民」，母親有權決定。來到台北是「上」或「下」，並不單純。阿惠考上第一志願初中，變成父親的社會資本（同事都跟我道喜）而開始被父親「領養」

——教育擴大她與傳統女性的距離，也給予她「被視為與男人平等的入場券」——這是不少女性的經驗，自有其歷史重要性。

指定注目鏡頭
是敘事，也是性別針對，更是電影倫理

柏格曼的《莫妮卡》（Summer with Monika，一九五三），男女在孤島上痛快擺脫社會習俗自由生活，但莫妮卡懷孕後，再受不了不囤積的「全自然」。這裡我們暫不討論懷孕造成女人「必須預備」的壓力。心理學中有種說法，「賺錢的外表之下，真正隱藏著嬰兒早期幻想中『取之不盡的胸脯』。」事實上，不可能存在這種奶水——《油麻菜籽》中充斥著「男人會花，女人猛攢」的現象，這或許與女人明知奶水會竭，卻還想成為滿足男人幻想的「錢母」有關。生過三胎的母親又懷孕了，更煩惱錢。阿惠於是取出自己的竹存錢筒。媽媽先不要，後來對她說：「錢是妳的，妳來砍。」

這段本悲催，但電影加上另一段：阿惠離開在地上撿錢的母親，轉身發現父親還在不遠處，兩人交換對望。這系列的鏡頭定性「劈竹筒」不只是「母女之間」，也「指定父親注目」——「指定注目」不只是訊息式的「他看到經過」，也是電影倫理的——父親「散仙」迫使女兒「代父從『夫』」，家人常是彼此的起源。

兩人對視如同「神祕的質詢」：你這個「父親」究竟是誰？我們算什麼？

小說文本「不甚究責」的成長敘事，電影在讓男性更少厭女的形象中重組，但這「與男性更有關係」的設計，並非美化。相反地，「指定注目鏡頭」扮演了關鍵角色，如同對男性發言：油麻菜籽，也是你的故事。見者有份，旁觀就是啟動有關。

真是想不到的台灣電影啊。

但更令人想不到的是——存在兩個版本的《油麻菜籽》——台語版與普通話配音版。這個雙版本的現象，足以回顧過去的電影語言歧視。台語版的影片修復已啟動——這會在美學與性別記憶外，為我們再添一個，重看經典的理由。

——二〇二一年《Fa電影欣賞》第一八六期

．本文作者張亦絢，台北木柵人。巴黎第三大學電影暨視聽研究所碩士。著有《愛的不久時：南特／巴黎回憶錄》、《永別書：在我不在的時代》、《性意思史》等。二〇一九年台北藝術大學駐校作家。《Fa電影欣賞》專欄「想不到的台灣電影」作者。

特載二

女性成長最真誠的告白

——廖輝英的《油麻菜籽》

應鳳凰

作者刻意採用這種植物名稱作為小說題目，不是沒有道理的。台灣社會長久以來，便傳遞著這樣一種關於女性婚姻與命運的傳統看法，借用小說人物的話：「女孩子是油麻菜籽命，落到哪裡就長到哪裡。」意思是說：未嫁的女子命好不算好，女性一生的命運是隨著婚姻對象而改變的。

〈油麻菜籽〉以短篇小說的形式，得到一九八二年《中國時報》文學獎首獎，也是廖輝英初入文壇的成名傑作，並從此揭開她長期的寫作生涯，成為一個多產的職業作家。

這篇小說之所以一鳴驚人，除了在女性議題上有深刻發揮之外，還在於她採取一種自傳式的敘述手法，語言簡潔俐落，在娓娓陳述中，既像聊天般親切，又帶著質樸而無比真誠的說服力。

小說正是透過女主角阿惠的角度，用第一人稱來敘述自己從小到大，從鄉村到城市，從貧窮到富裕的半生歲月。更重要的是由於從童年寫起，自然要提到家庭與父母，尤其父母之間不幸的婚姻。

阿惠的母親是有錢人家的女兒，外公財大勢大，為了女兒的幸福，挑選了一個雖貧窮，但看上去老實可靠的女婿。誰知外公看錯了。阿惠小時候常看見父母扭打成一團，她阿爸是個不負責任的浪蕩子，賺來的薪水自己花掉不算，還在外面養別的女人。阿惠母親本來嬌生慣養，對這樣的丈夫自然要尖聲叫罵，毫不寬容。

阿惠在鄉下念小學時，就像沒有父親的小孩，窮得每天只能打赤腳上學。父親的婚外戀情後來東窗事發，人家帶著流氓來討遮羞費，最後還是靠阿惠母親用嫁妝典當換錢，才應付過去。但是當地也不能再住了，於是全家遷移到台北都會的貧民窟，從此阿爸才逐漸安分守己，每天準時回家。

但無論鄉下或城市，家境不好的阿惠，除了上學，從小就要幫母親做許多家事。哥哥是男生，因而有權力成天在外面玩耍，這似乎也是台灣社會一重男輕女的傳統觀念。例如阿惠發現每天早上，哥哥的碗裡都有兩個雞蛋，而她碗裡卻只有一個。小女孩忍不住向母親提出疑問：「是怎樣我不能吃兩粒蛋？雞糞每晚都是我倒的，阿兄可沒侍候過那些雞仔。」母親的回答正是那句「查某囡仔油麻菜籽命」，她斥責阿惠：「你阿兄將來要傳李家的香煙，你和他計較什麼？將來你還不知姓什麼呢！」母親一生遭遇不幸的婚姻，自己有慘痛經驗，卻又內化了以男性為尊的「父系社會」傳統觀念。她似乎相信女性天生要比男性低等，根本沒有掌握自己命運的能力。

難怪阿惠考上第一志願時，阿爸高興極了，母親卻撇著嘴說：「豬不肥，肥到狗身上去了。」

阿惠自小乖巧聽話又勤奮工作，沒錢交補習費仍然名列前茅。她忙家事，仍一路考上最好的高中和大學，求學時邊讀書邊當家教賺錢，畢業後更找到高薪的工作，幫著一家人改善生活，也拉拔弟妹成長，即便如此，仍無法討母親歡心。

這篇小說如果有另一個主題，應是母女關係的探討。阿惠一家生活改善了以後，母親的性格卻「隨著家境好轉而變壞」，她對一切變得「苛求而難以滿足」，物質慾望越來越強烈，拚命花用女兒的錢，而且吹毛求疵，限制女兒交男友的自由。

這對母女曾經相依為命，一同走過二十多年驚濤駭浪的生活，但在掌握自己的命運上，尤其在選擇婚姻上，則完全走著不同的路。阿惠在小說結尾決定不顧母親的阻撓，嫁給自己喜歡的人。她不相信女孩子一定就「油麻菜籽命」，她願意告訴母親，請她放心，阿惠會幸福的——她有能力也有信心，靠自己的努力，掌握自己的命運。這是新一代女性與前一代女性最大的不同，也是女性成長經驗最真誠的告白。

小說裡即使處處看到困境，仍然散發著一股堅韌向上的生命力，對家庭制度既有批判，更有一份理解的同情。作者在書序裡，有這樣的自我期許：「在寂寞的寫作路上，真誠地寫出苦難人生的點點滴滴，傳達人類血脈相承的一份希望。」這份「希望」，或許正是對女性能否掌握自己命運的嚴肅思考吧！

·本文作者應鳳凰，曾任國立台北教育大學台灣文化研究所副教授，著有《筆耕的人》等，編有《姜貴小說集》、《姜貴中短篇小說集》等。

特載三

必須贏的人

——從廖輝英的〈紅塵劫〉證明必須贏的理由

張繼高

二十七年前金門礮戰的時候，軍刀機駕駛員朱偉明中尉寫過一首小詩。那時我還擁有著英雄崇拜的情懷，所以記憶良深：

當我戰死，折翼化作天邊的煙塵；
愛人；請容我的遊魂，
投宿你聖潔的芳心。
…………

現代的空戰真是決生死於一瞬，即令在四分之一世紀前的老式軍刀與米格，如相對掠過，所能目視的那個影子，已在兩倍音速之間。可是就得在那遠快過「一瞬」之剎那擊中敵人，不然自己就連人帶飛機「折翼化作天邊的煙塵」了！

於是多年來我常常盤桓在腦際：世界上有哪些人是必須贏，不能輸的？

當然，生在一個後工業社會——資訊社會的環境裡，每個人都隨著快速的社會變遷而受到挑戰的壓力。籠統地說，誰都不能輸，必須贏。輸的只有被淘汰。問題是淘汰的方式有激烈與緩和之分，被淘汰的命運也有〇與一之別。我採訪過空戰，看過機槍擊落敵機的紀錄影片。因此，我覺得戰士是個必須要贏的角色！

其次，運動員也是非贏不可。尤其是職業選手，今天打輸了，明天就可能失業。不久前讀民生報記者王麗珠小姐寫我國職業高球女將們在參加波頓杯時的生活情況：「……她們彼此之間並非十分和諧，或許因為高爾夫是一項個人運動，競爭不分國際。她們不僅和日本選手爭，也和自己同胞暗自較量——不知不覺地將球場上的競爭帶進了平日生活……」

依此類推，她們也是必須贏的！

不久前和幾位「民代」有樽前之敘。其中一位戚戚地說：「多年來已經很明顯了，每次選舉總有百分之二十的人反正不投國民黨的票。這些票沒有穩定的流向，誰罵政府，誰挖苦官員，誰會做秀，或許誰就有希望。為了連任，議員罵人已經成為一種『必要之惡』。至於奔走關說，請客送禮，又怎能免？因為不能輸啊！」

如果你多認識幾位年輕的開業醫師、律師，聽聽他們背後相互議論同業的那種口吻，利害衝突，間不容髮，聽來真令人心寒，許多情節都是上好的小說材料。原來這個領域中之生存競爭也是那樣地激烈！

不久前報紙上大肆渲染有不少公司正在以日本魔鬼式的訓練來加諸行銷人員。把每個人在辦公室中都折騰成神風自殺機式的表情，頓足搥胸，伏地挺身，齊聲吼叫：「一定要成功！」為了贏得市場，推銷產品，什麼招式都用出來了。

曾有人推薦我看廖輝英寫的中篇〈紅塵劫〉，讀罷掩卷，原來廣告人也是只能贏不能輸的！「沒有假期，經常加班，長期處在客戶會被搶走的威脅裡。好好的情緒，客戶三言兩語就能將之擾翻得七葷八素。抓住任何機會，不斷投注寶貴的時間精力去比稿，結果，一大票人花上大半個月的心血，卻成為某些客戶賣弄權威，耍廣告公司於股掌的惡劣遊戲。而每月檢討得失，業績成為晉升或罷黜的因素，也成為永遠的魔魘。」

至於新聞這一行的競爭，我的感受可說既深又切。不久前劉國瑞兄接掌總編輯工作，實在不想用虛偽的話向他致賀，只是真誠地對他說：「世界上很少有每天舉行一次，而長年不停的比賽。而編報就是！天天得要見個高下。當總編輯是很辛苦的，願你常常贏……」

台灣是一個競爭異常激烈的社會。可嘆的是：天天鼓勵競賽，但卻不訂規則。有時雖有規則，卻是為輸家準備的。「必須贏的人」得靠結納，打點，逢迎，效忠，倚附特權，出賣人格，和關鍵人物玩著有暗記的牌戲，這樣才會贏得大，贏得快。一位教授只要人事關係好，可以穩拿聘書一輩子，哪裡會像外國那樣「沒有論文就走路」（Publish or Perish）的？

不過最近因為幾位大贏家先後翻了船，社會上可能得到了不少教訓；

原來「必須贏的人」也必須沿正途以求之。歷史可以證明：廣大的老百姓不能永遠當輸家，如果他們聯手起來一搏，那是誰也贏不了的。

——一九八五年三月十五日《聯合報》副刊
轉載於張繼高著《必須贏的人》書中

・本文作者張繼高，為著名新聞人、文化人、音樂人，長期執筆《聯合報》副刊專欄「未名集」，著有《必須贏的人》等。

廖 輝 英 作 品 集 2 5

油麻菜籽

國家圖書館出版品預行編目 (CIP) 資料

油麻菜籽 / 廖輝英著 . -- 增訂新版 . --
臺北市 : 九歌出版社有限公司 , 2023.04
面 ; 公分 . -- (廖輝英作品集 ; 25)
ISBN 978-986-450-548-7 (平裝)

863.57 112002835

作　　者——廖輝英
創 辦 人——蔡文甫
發 行 人——蔡澤玉
出　　版——九歌出版社有限公司
臺北市八德路 3 段 12 巷 57 弄 40 號
電話 / 25776564 傳真 / 25789205
郵政劃撥 / 0112295-1

九歌文學網 www.chiuko.com.tw

印　　刷——晨捷印製股份有限公司
法律顧問——龍躍天律師 · 蕭雄淋律師 · 董安丹律師
初　　版——2012 年 2 月
增訂新版——2023 年 5 月
（本書原名《油麻菜籽》，曾於 1983 年由皇冠出版社印行）
定　　價——350 元
書　　號——0110425
I S B N——978-986-450-548-7
9789864505579 (PDF)